ZERBRICH MICH
EIN BAS BOY MILLIARDÄR LIEBESROMAN - ZITTER BUCH DREI

JESSICA F.

Veröffentlicht in Deutschland

Von: Jessica F.

©Copyright 2020

ISBN: N: 978-1-64808-109-5

ALLE RECHTE VORBEHALTEN. Kein Teil dieser Publikation darf ohne der ausdrücklichen schriftlichen, datierten und unterzeichneten Genehmigung des Autors in irgendeiner Form, elektronisch oder mechanisch, einschließlich Fotokopien, Aufzeichnungen oder durch Informationsspeicherungen oder Wiederherstellungssysteme reproduziert oder übertragen werden.

MELDE DICH AN, UM KOSTENLOSE BÜCHER ZU ERHALTEN

Möchtest Du gern Eifersucht und andere Liebesromane kostenlos lesen?
Tragen Sie sich für den Jessica F. Newsletter ein und erhalten Sie ein KOSTENLOSES Buch exklusiv für Abonnenten indem Du diesen Link in deinem Browser eingibst:

https://www.steamyromance.info/kostenlose-bücher-und-hörbücher

Eifersucht: Ein Milliardär Bad Boy Liebesroman

Neue Liebe entsteht, aber auch eine Eifersucht, die sie zu zerstören droht.
Ich habe meine winzige Heimatstadt und ihre Einschränkungen hinter mir gelassen. Dann erschien ein bekanntes Gesicht in der Bar, in der ich arbeite, und brachte mich wieder dorthin zurück, wo ich angefangen hatte …

https://www.steamyromance.info/kostenlose-bücher-und-hörbücher

Du erhältst ebenso KOSTENLOSE Romanzen-Hörbücher,
wenn Du Dich anmeldest

KLAPPENTEXT

Nachdem Sam und Isa aus ihrer romantischen Inselidylle zurückgekehrt sind, geraten sie in einen neuen Albtraum, als eine junge Frau, die Isa ähnelt, grausam ermordet in Isas Wohnung aufgefunden wird. Sie sind gezwungen, ihr altes Leben hinter sich zu lassen und immer wieder umzuziehen. Doch jedes neue Zuhause wird von neuen Schrecken heimgesucht, sodass sie sich fragen, ob sie sich jemals wieder sicher fühlen werden. Diese Frage wird auf grauenerregende Weise beantwortet, als eine brutale Entführung stattfindet und jemand bei der Eskalation des Terrors geopfert wird. Werden Isa und diejenigen, die sie liebt, überleben oder wird Sam die Liebe seines Lebens ein für alle Mal verlieren?

ZERBRICH MICH

„Hey." Cal küsste sie auf die Wange, zog seine Jacke aus und setzte sich auf den Stuhl gegenüber von Isa. Sie lächelte ihn an, aber ihr Gesicht war blass und erschöpft. Es war ein Albtraum gewesen, seit sie das ermordete Mädchen in ihrer Wohnung gefunden hatten. Nach stundenlangen polizeilichen Befragungen wurden DNA-Proben genommen und sie mussten endlose Besprechungen über ihre zukünftige Security ertragen.

Der himmlische Inselurlaub, den sie mit Sam genossen hatte, schien eine Million Meilen weit weg zu sein. Seit das Mädchen gefunden worden war und Isa gesehen hatte, was ihr Stalker mit ihr vorhatte, konnte sie nicht schlafen und war nicht mehr sie selbst. Die Mordkommissare reagierten skeptisch auf ihre Behauptung, sie wisse nicht, wer sie töten wollte. Auf Sams Drängen hatte sie ihnen Karls Namen gegeben. Die aufgebrachte Mailbox-Nachricht, die sie von ihrem Ex-Freund erhalten hatte, nachdem die Polizei ihn befragt hatte, behielt sie für sich und löschte sie einfach. Sie machte

Karl nicht dafür verantwortlich, dass er wütend war. Sie war auch wütend. Wer auch immer dieser Mistkerl war, er würde nicht gewinnen.

Aber der Kampf, optimistisch zu bleiben, war kräftezehrend. Er erschöpfte sie alle. Und dann waren da auch noch Casey Hamilton und die Tatsache, dass Isa überzeugt war, dass Sam mehr über sie wusste, als er zugab.

Isa lächelte jetzt seinen Bruder an und bemerkte zum ersten Mal, wie wenig er Sam ähnelte. Während Sams Gesichtszüge denen eines griechischen Gotts ähnelten, waren die von Cal weicher und geschmeidiger. Sein dunkelrotes Haar war ebenfalls gelockt, aber es war länger und wilder. Es passte zu seinem lässigeren Auftreten.

Er grinste bei ihrem Blick. „Hey, wenn du eine Affäre suchst, sollst du wissen, dass ich bereit bin."

Sie kicherte, weil sie wusste, dass er scherzte, und war dankbar für seinen Versuch, sie aufzuheitern.

„Jederzeit", sagte sie und beugte sich dann mit ernstem Gesicht vor. „Hör zu, ich muss dich etwas fragen und ich weiß, dass es völlig unangebracht ist, Sam dabei zu hintergehen, aber …"

„Was ist?" Cals Augen, die normalerweise so fröhlich waren, wurden misstrauisch.

Isa holte tief Luft. „Casey Hamilton."

Sie sah, wie sich seine Augen verdunkelten und er ihrem Blick auswich. Angst breitete sich in ihrem Bauch aus. „Cal? Bitte. Ich möchte nicht, dass du sein Vertrauen missbrauchst, aber ich muss wissen, warum sie uns nicht in Ruhe lässt."

Cal trank sein Bier aus. Sie hatte bewusst eine Bar ausgesucht, von der sie wusste, dass sie ihm gefiel. Zur Mittagszeit war es dort fast leer. Der Barkeeper polierte lautlos die Gläser und das Radio war leise im Hintergrund zu hören.

„Isa, du musst mit Sam reden."

Sie wollte in Tränen ausbrechen. „Also kennt er sie."

Cal zögerte, bevor er scharf und wütend nickte. „Aber bitte, Isa, hör ihn an. Ziehe keine voreiligen Schlüsse und treffe keine übereilten Entscheidungen. Er liebt dich, mein Gott, er liebt dich so sehr. Er steht jeden wachen Moment unter Strom und befürchtet, dass er dich an diesen Verrückten verlieren wird. Lass nicht zu, dass jemand wie Casey der Grund dafür ist, dass er dich verliert."

Isa rührte ihren schwarzen, zuckerfreien Kaffee um und sagte nichts. Cal griff nach ihrer Hand. „Isa, ich schwöre, es ist nicht so schlimm, wie du denkst. Aber aus Loyalität zu ihm kann ich dir nicht mehr als das sagen."

Sie seufzte. „Na gut." Sie rieb sich frustriert über das Gesicht. „Cal, ich weiß nur nicht, was mit mir passiert ist. Ich habe keinen Job, kein Zuhause und jemand will mich töten. Ist das eine Art Ausgleich des Universums – ich finde die Liebe meines Lebens, aber mein Glück hat seinen Preis?"

Cal wusste nicht, was er sagen sollte, und sie lächelte ihn sanft an. „Tut mir leid. Lass uns über etwas anderes reden. Ich habe gehört, dass du und mein Bruder zusammen in eine Wohnung ziehen wollt."

Cal grinste erleichtert über den Themenwechsel. „Das Penthouse ist mit fünf von uns etwas überfüllt. Und da du und Sam ständig im Schlafzimmer beschäftigt seid …"

„Cal!" Aber sie kicherte und wurde rot. Dann wurde ihr Grinsen verschlagen. „Nicht immer."

Sie lachten beide und entspannten sich. Cal bestellte bei dem Barkeeper noch ein Bier. „Wir dachten nur, wir könnten genauso gut etwas zusammen mieten und dir und Sam etwas Platz geben. Zoe zieht auch zu einer Freundin, oder?"

Isa nickte. So sehr sie ihre Familie auch liebte, sie freute sich auf Zeit zu zweit mit Sam. Trotz Cals Scherz hatten sie keinen Sex gehabt, seit sie alle in der Nacht, als das ermordete Mädchen gefunden worden war, in das Luxus-Penthouse der Levys gezogen waren.

Isa sah auf die Uhr. Wenn sie Sam jetzt allein erwischte, könnte sie das ändern. Etwas sagte ihr, sie sollte jeden letzten Moment mit ihm verbringen – falls der Mörder sie erwischte und sie keine Zeit mehr hatten. Cal beobachtete sie mit einem amüsierten Ausdruck in seinen Augen und sie errötete erneut.

„Ich gehe jetzt besser nach Hause", sagte sie betont beiläufig und Cal gluckste.

„Okay. Lass dich nicht aufhalten."

Er lachte immer noch und ihr Gesicht war feuerrot, als sie ihm zuwinkte und aus der Bar floh.

Sam beendete den Anruf bei dem Kunsthändler und zischte frustriert. Er hatte den ganzen Morgen versucht, Caseys Aufenthaltsort zu ermitteln, und war entschlossen, sie zu konfrontieren. Er hatte herumgefragt – ihre Behauptungen, Isa hätte ihre Arbeit plagiiert, wurden von den meisten Künstlern in Seattle nicht ernst genommen, denn sie kannten

Caseys Persönlichkeit nur zu gut. Trotzdem hinterließ es einen faden Geschmack in seinem Mund. Er war sich sicher, dass Casey das tat, um Probleme zwischen ihm und Isa zu verursachen – nun, sie bekam, was sie wollte. Er würde Isa heute Abend alles erzählen und zugeben, dass er etwas vor ihr verheimlicht hatte. Er wollte wirklich nicht, dass dies auch noch drohend über ihm hing.

Eine Vision des toten Mädchens schoss ihm durch den Kopf, aber anstelle ihres Gesichts sah er Isa, die an diesen Stuhl gefesselt war, tot und abgeschlachtet. Er beugte sich vor, rieb sich die Augen und versuchte, die Bilder aus seinem Gehirn zu löschen. Er zuckte zusammen, als er eine Hand auf seiner Schulter spürte, und seufzte, als ihre Lippen seine Wange berührten. Er hatte sie nicht hereinkommen hören.

„Hey, du." Isa ließ ihre Hände über seine Brust gleiten und kuschelte sich an seinen Nacken. Er griff nach ihr, zog sie auf seinen Schoß und eroberte ihren Mund mit seinem. Himmel, sie schmeckte so gut, nach Kaffee, aber immer noch nach Isa – süß, frisch und bezaubernd. Seine Hand fand den Weg unter ihr Shirt und seine Finger glitten über die weiche Haut ihres Bauches.

„Mein Gott, du bist wunderschön", murmelte er und hörte sie leise lachen. Sie fuhr mit den Fingern durch seine kurzen Locken.

„Bring mich ins Bett." Sie lächelte, als sie ihre Lippen auf seine presste.

Er zögerte nicht. Im Schlafzimmer zogen sie sich schnell aus, fielen auf das Bett und liebten sich verzweifelt. Sam nahm ihre Brustwarze in seinen Mund, als sie ihre Beine um ihn schlang, nach seinem Schwanz griff und ihn streichelte, bis er vor Lust stöhnte. Er wollte sie zuerst kosten und die Vorfreude verlängern, also bewegte er sich ihren Körper hinunter, wobei sein Mund hungrig jede ihrer Kurven erforschte – die vollen Brüste, die seidige Haut ihres Bauches und die Vertiefung ihres Nabels. Seine Zunge berührte den Rand und er hörte sie begierig nach Luft schnappen. Er drückte ihre Beine auseinander und dann war seine Zunge auf ihr und in ihr. Sie war so nass, dass ihre Erregung ihre Schamlippen rosarot färbte und die Knospe ihrer Klitoris erwartungsvoll in seinem Mund pulsierte. Er knabberte sanft mit den Zähnen daran und spürte, wie sie sich anspannte und schnell zum Orgasmus kam. Dann blickte er lächelnd auf. Ihr Körper bebte atemlos und voller Hingabe. Er zog ihre Beine um seine Hüften, neckte sie mit der Spitze seines Schwanzes und spürte die Glätte ihres Geschlechts. Sie küsste ihn fiebrig und ihr Atem war ein schnelles Keuchen.

„Jetzt bin ich dran", sagte sie und bewegte sich seinen Körper hinunter. Verdammt, das Gefühl, als ihr süßer Mund über die Spitze seines Schafts glitt, war fast so gut wie das Gefühl, in ihr zu sein. Ihre Zunge leckte ihn verführerisch. Ihre Hände umfassten seine Hoden, massierten sie sanft und umschlossen seine Erektion, bis sie sich fast schmerzhaft verhärtete. Er fühlte, wie er kam, und pumpte dickes, cremiges Sperma in ihren Mund. Seine Finger packten ihre Haare, als er erschauderte, und dann griff er nach ihr, drückte sie fast brutal zurück in die Kissen und drang in sie ein.

„Oh … mein … Gott …" Sie wölbte sich gegen ihn und nahm ihn so tief wie möglich in sich auf. Er drückte ihre Beine auseinander, bis sie stöhnte, und versuchte, so weit wie möglich in sie zu sinken. Sie war so verdammt großartig. Er liebte den Glanz ihrer schweißnassen Haut, die rosa Färbung ihrer Wangen und die Art, wie ihr dunkles Haar an ihrem Gesicht klebte, als sie zuckte und unter ihm zitterte. Er streckte die Hand aus, um ihre Klitoris zu reizen, während er sich immer stärker in sie rammte und sie mit der Hitze seiner Leidenschaft entzweien wollte. Sie stöhnte so wunderschön und lächelte ihn mit so leuchtenden, liebevollen Augen an, dass er sich keinen Moment länger zurückhalten konnte und erneut kam. Sie erreichte ebenfalls ihren Höhepunkt und beide schrien vor Lust und Liebe.

Er war immer noch hart, als sie sich von dem Orgasmus erholten, der ihre Körper erschüttert hatte, und drehte sie auf ihren Bauch. Er hörte ihr Lachen, als sie realisierte, was er wollte, und legte seinen Mund an ihr Ohr, während seine Hände ihre Pobacken auseinanderdrückten.

„Ja?"

„Verdammt, ja", keuchte sie, als er sanft in sie eindrang und die Reibung seines Schwanzes ihre empfindlichen Nerven reizte. Sie stöhnte und er ergriff ihre Hände mit seinen und verschränkte ihre Finger ineinander, als er sie fickte.

„Sag mir, was dir gefällt", murmelte er und drückte sein Gesicht gegen ihren Hals.

„Du ... du in mir ..." Isa konnte kaum sprechen, so benommen machte er sie. Sam lächelte und sein Atem stockte ebenfalls.

„Gefällt es dir, wenn ich dich in deinen perfekten Arsch ficke?"

„Himmel ... ja ... Oh, Sam!" Als sie kam, vibrierte ihr ganzer Körper vor Vergnügen und Sam lachte triumphierend. Er zog sich aus ihr heraus und warf sie auf ihren Rücken, um zu beobachten, wie ihre Brüste sich hoben und senkten, während sie nach Luft schnappte. *Herrlich.*

„Gefällt es dir, wenn ich auf deinem süßen Bauch komme?"

Er sah die Erregung in ihren Augen, als sie nickte, weil sie nicht sprechen konnte. Sie griff nach seinem Schwanz und ließ ihre Hände darüber gleiten. Vor Vergnügen zitternd kam er und sein Sperma spritzte auf ihre weiche Haut. Er brach auf ihr zusammen und sie schlang ihre Arme um seinen Hals und küsste ihn zärtlich, während er zu Atem kam.

„Ich liebe dich, schöner Mann." Ihre Stimme war eine Liebkosung und er stöhnte und vergrub sein Gesicht in ihrem Nacken. Seine Hände glitten über ihren ganzen Körper und um ihren Rücken, um sie näher an sich zu ziehen.

Sam wünschte, sie könnten für immer so bleiben, nur sie beide, sicher in seinem Bett. Er seufzte und atmete ihren sauberen Geruch ein. Mit der Zungenspitze strich er über ihr Schlüsselbein und sah, wie sie ihn anlächelte und ihre Augen weich vor Liebe waren. Er bewegte sich, damit er seine Lippen auf ihre drücken konnte.

„So möchte ich jeden regnerischen Nachmittag in Seattle verbringen." Sie schob ihm die Haare hinter die Ohren und strich die Locken mit ihren Fingerspitzen glatt.

„Das will ich auch, meine Schöne." Er stützte sich auf seinen Ellbogen, um auf sie herabzusehen, und zog seinen Finger über ihre Wange. „Glaubst du, wir könnten daraus eine Karriere machen?"

Sie gab vor, darüber nachzudenken. „Nur wenn wir bereit sind, es zu filmen. Dann vielleicht."

Er lachte bei ihrem Grinsen. „Dann zeigen wir allen, wie es richtig geht."

„Darauf kannst du wetten." Sie warf einen Blick zu dem riesigen Fenster, das vom Boden bis zur Decke reichte. „Es schüttet."

Der Himmel hatte sich so sehr verdunkelt, dass es aussah, als wäre es schon Nacht. Er wirkte zornig und war bedeckt von lila-schwarzen Wolken. Sam beobachtete, wie der Regen gegen das Glas schlug, und sah auf sie hinab. Er wusste, dass sie an ihre Insel dachte, genauso wie er. Ihre Augen waren plötzlich traurig und er hasste es, die Angst, die Müdigkeit und die unbeantworteten Fragen darin zu sehen.

Er strich mit seiner flachen Hand über ihren Bauch. „Du kannst mit mir über alles reden, Isa. Alles."

Er war nicht auf ihre Frage vorbereitet, aber als sie sie stellte, wusste er, dass er insgeheim damit gerechnet hatte.

„Hast du mit Casey Hamilton geschlafen? Vor uns, meine ich." Ihre Worte kamen hastig heraus und sie wollte ihm nicht in die Augen schauen.

Sam spürte Qualen in sich aufsteigen, aber er holte tief Luft. „Ja."

Ein kleines Stöhnen entkam ihren Lippen und sein Herz brach. „Isa, es tut mir leid. Ich weiß nicht, warum ich dich angelogen habe. Ich schwöre dir, es ist das Einzige, worüber ich dich jemals belogen habe."

„Warum?"

Es war die einfachste Frage der Welt und doch ... „Ich weiß es nicht. Wir haben die Beziehung nicht freundschaftlich beendet. Keiner von uns hat den anderen so behandelt, wie wir es hätten tun sollen. Schlimmer noch. Ich wollte nicht, dass *unsere* Beziehung dadurch beeinträchtigt wird."

Isa schüttelte den Kopf. Ihre Augen waren verwirrt. „Warum sollte es das? Wir hatten beide schon Beziehungen."

Sam atmete tief durch. „Casey ist Künstlerin. Ich wollte nicht, dass du denkst, ich hätte sie gefickt, ihr die Welt versprochen und dann eines Tages beschlossen, sie zu verlassen. Ich wollte nicht, dass du denkst, dass ich so bin."

„Sam, ich kenne dich. Das würde ich nie denken."

Er lächelte traurig. „Ich weiß. Ich habe einen dummen Fehler gemacht. Ich hätte ehrlich sein sollen."

„Ja". *Autsch.*

„Isa…"

„Sam, es ist okay." Ihr Ton wurde weicher und sie berührte sein Gesicht. „Danke, dass du es mir jetzt erzählt hast. Es erklärt vieles. Zum Beispiel", sie fing an, aufrichtig zu lächeln, „warum sie so eine verdammte Schlampe ist. Ihr sind durch die Trennung jede Menge heißer Nachmittage mit dir entgangen und das ist keine Kleinigkeit." Sie sagte es, um ihn zum Lachen zu bringen und die Stimmung aufzulockern.

Sam grinste und war dankbar, dass sie die Nachrichten so gut aufgenommen hatte. Warum zum Teufel hatte er sich so sehr davor gefürchtet? Er neigte den Kopf und strich mit seinem Mund über ihre Lippen, während sie sich vor Vergnügen unter ihm wand. Er ließ seine Hand zwischen ihre Beine gleiten, suchte nach ihrer samtigen Wärme, schob zwei Finger in sie hinein und hörte sie nach Luft schnappen.

„Oh Gott, Sam, das fühlt sich so gut an."

In wenigen Augenblicken hatte er sie so nass und bereit für sich gemacht, dass es leicht für ihn war, seinen Schwanz in sie zu rammen und sie vor Vergnügen zum Schreien zu bringen, während sie alles andere vergaßen.

Seb winkte seinem Freund zu, als Cal mit seinem Skateboard auf ihn zu fuhr. „Hey, Alter."

Die beiden Männer plauderten den ganzen Weg zu der Wohnung, die sie sich ansehen wollten, und ignorierten den Regen, der auf die Gehsteige von Seattle prasselte.

In dem Wohnblock pfiff Seb durch die Zähne und sah sich mit großen Augen um. Mit ihren hohen Decken und weitläufigen Räumen erinnerte die Wohnung an den Luxus der Levys – der weit außerhalb seines Budgets war. Cal beobachtete ihn grinsend.

„Ich weiß, was du denkst, aber hier ist mein Angebot. Ich kaufe sie und du mietest ein Zimmer bei mir – natürlich zum Vorzugspreis."

Sebs Augenbrauen schossen hoch. „Wow, Alter, das ist ein verdammt großzügiges Angebot, aber ..."

Cal lächelte. „Ich weiß, was du sagen willst, aber hör zu – du gehörst zur Familie."

Seb dachte nach und zuckte dann mit den Schultern. „Ich schätze, dagegen ist nichts einzuwenden."

Danach gingen sie zu einem Café, in dem Seb die Barista kannte. Zwei riesige Latte später lehnte sich Cal auf seinem

Stuhl zurück und musterte den jungen Mann vor sich. Seb Marshall war ein beeindruckender Mann mit einem Körper, der durch intensive Trainingseinheiten gestählt war, einem ausgeprägten Sinn für Humor und einer überragenden Intelligenz, die für sein junges Alter ungewöhnlich war. Cal genoss seine Gesellschaft und sagte es ihm.

„Gleichfalls. Es war nett, die Familie zu erweitern, weißt du? Meine Schwester ist auch glücklich – abgesehen von dem Offensichtlichen. Wie auch immer … es gibt nur noch dich und Sam, richtig?"

Cal nickte. „Meine Mutter ist vor ein paar Jahren gestorben und unser Vater ein paar Wochen danach."

„*Deine* Mutter?"

Cal lächelte. „Sam und ich sind Halbbrüder. Ich dachte, du wüsstest das."

Seb grinste. „Isa hat es mir wahrscheinlich erzählt, als ich nicht zugehört habe. Sie neigt dazu, weit auszuschweifen."

Cal lachte. „Das ist mir gar nicht aufgefallen."

Seb nahm einen Schluck von seinem Kaffee. „Ich habe nur gescherzt. Es ist großartig zu sehen, wie viel selbstsicherer sie wird. Ich meine, sie war immer ein bisschen schüchtern."

„Sie ist bezaubernd. Sam ist absolut besessen von ihr. Ich kann nicht sagen, dass ich es ihm zum Vorwurf mache."

Seb grinste Cal an, der reumütig mit den Schultern zuckte. „Tut mir leid, es ist die Wahrheit."

„Weiß Isa, dass du für sie schwärmst?" Sebs Augen wirkten amüsiert und Cal war erleichtert.

„Ich werde darüber hinwegkommen. Was ist mit dir – wie läuft es mit Louisa?"

Isa streckte ihre schmerzenden Glieder aus, rollte ihren nackten Körper zusammen und kuschelte sich in die weichen Kissen, während sie beobachtete, wie Sam sich anzog. Er sah sie im Spiegel an und grinste über ihre offensichtliche Bewunderung. „Es hilft mir nicht dabei, mich fertig zu machen, wenn du mich so ansiehst."

Sie kicherte und streckte ein Bein aus, um ihren Fuß um seinen Oberschenkel zu haken.

„Dann komm zurück ins Bett."

Er lächelte, packte ihren Fuß und fuhr mit seiner Hand über ihre Wade zu der zarten Haut ihres inneren Oberschenkels. „Ich würde es gern tun, Liebling, aber ich muss mich mit dem Detective treffen und den Fall besprechen."

Sie setzte sich auf. „Ich sollte mitkommen." Aber er drückte sie sanft auf die Kissen zurück.

„Mir ist es lieber, wenn du hier in Sicherheit bist als im Freien. Selbst wenn ich dabei bin. Bitte", fügte er hinzu, als sie anfing zu protestieren. „Bitte, Isa. Ich weiß, dass du deswegen frustriert bist. Aber ich kann dein Leben nicht riskieren."

Er presste seine Lippen fest und warm auf ihre. Dann war er weg.

Isa legte sich wieder hin und seufzte. Im Zimmer war es einsam ohne ihn. Sie stand auf, zog ihren Bademantel an und ging hinaus in den großen Wohnbereich mit seinen riesigen

Fenstern. In einer Ecke, wo das Licht hereinflutete, hatte Sam einen großen Tisch mit allen Kunstmaterialien von der Insel aufgestellt. Er wirkte im minimalistischen Dekor der Wohnung unpassend – aber Isa hatte ohnehin das Gefühl, dass *sie* unpassend war. Es war seltsam genug, aus einer winzigen Wohnung hierher zu kommen, aber als sie daran zurückdachte, wie sie mit nichts und niemandem von einem Bus aus D.C. zu dieser Opulenz gekommen war, war es unfassbar.

Sie lehnte ihren Kopf gegen das Glas und blickte auf die regennassen Straßen hinunter. Aus dieser Höhe sahen die Autos winzig aus und das Wasser ließ den Asphalt wie Glas wirken. Der dunkle Himmel draußen reflektierte ihr Spiegelbild. Der bunte Kimono, den Sam ihr geschenkt hatte, schmeichelte ihrer honigfarbenen Haut. *Ein Vogel im goldenen Käfig*, dachte sie. Sie verdrängte die Idee, ging duschen und genoss das heiße Wasser auf ihrem Körper. Sie war hundemüde, stellte sie fest, nicht von irgendetwas Körperlichem – *definitiv nicht*, dachte sie grinsend –, sondern von der Anstrengung, wie sehr sich ihr Leben in so kurzer Zeit verändert hatte.

Sie hörte, wie ihr Handy summte, als sie ihre Haare trocknete, und lief ins Schlafzimmer. Sie sah sich nach ihrer Handtasche um. Sie war sich sicher, sie auf dem Sessel gelassen zu haben, aber er war leer. Sie folgte dem Klingeln ins Wohnzimmer und blieb mit klopfendem Herzen stehen. Ihr Handy lag auf dem Couchtisch und daneben befand sich eine einzelne rote Rose. Sie ging langsam dorthin und überprüfte den Anrufernamen. Unbekannt. Isa fing an zu zittern, als sie ranging.

„Hallo, meine Schöne." *Er.*

Adrenalin schoss durch ihre Adern und sie rannte in die Küche und zog ein Messer aus dem Block. Wut und Angst erfüllten sie und sie knurrte ihren Peiniger an. Er lachte nur.

„Das ist nicht sehr freundlich. Fragst du dich, wo ich bin, Isabel? Vielleicht bin ich im Schrank. Oder ich stehe hinter dir. Du glaubst nicht, dass das Messer in mir landen würde, oder?"

Sie wirbelte keuchend herum und suchte nach ihm. Niemand, nirgendwo. Sie rannte zur Haustür und riss sie auf. Die Leiche von Antwan, ihrem Leibwächter, lag zusammengekrümmt in einer Blutlache.

Der Atem gefror in ihrer Lunge, ihre Beine gaben nach und sie sank zu Boden. „Oh, Antwan …" Sie kehrte zu dem Telefon in ihrer Hand zurück. „Du Mistkerl, du monströses Stück Scheiße …"

„Vorsicht, kleines Mädchen …"

„Fick dich, Drecksack. Komm nur her. Wir werden sehen, wer tot endet, du erbärmlicher Hurensohn!" Sie war jetzt unheimlich wütend.

„Ich werde dich aufschlitzen, Isabel!", brüllte er plötzlich in das Telefon und die Bosheit und Brutalität in seiner Stimme waren genug, um sie zum Schweigen zu bringen.

Sie hörte ihn schwer atmen und als er wieder sprach, war er ruhiger.

„Aber ich werde dich heute nicht töten, meine schöne Isabel. Ich wollte nur, dass du weißt, dass ich überall bin. Ich bin da, wenn er dich fickt und du seinen Namen schreist. Ich bin da, wenn du dich in seinen Armen sicher fühlst und wenn du schläfst. Ich bin da, wenn deine gesamte, erbärmlich kleine Familie um dich herum ist. Ich bin immer bei dir. Immer. Du bist nirgendwo sicher vor mir, Isa."

Ihr ganzer Körper war taub und jetzt war auch ihr Verstand gelähmt. Sie hörte der Stimme am anderen Ende der Leitung zu und versuchte, alles herauszufinden, was sie erkennen konnte. Eine Betonung, ein sonderbares Wort. Aber da war nichts.

„Wer bist du?"

Sein Lachen war intim und seltsam warm. „Die letzte Person, die dich lebend sieht, Isa. Die allerletzte."

DETECTIVE JOHN HALSEY SEUFZTE. ER WAR SEIT EINER STUNDE in einer Besprechung mit Sam Levy und sie kamen nicht weiter. Levy glaubte einfach nicht, dass sie keine Hinweise hatten. Gar keine. Er machte dem besorgten jüngeren Mann keine Vorwürfe – Isabel Flynn schwebte in ernster Gefahr, wenn die bisherigen Verbrechen des Mörders ein Maßstab waren.

„Es ist nur ... wir haben alle möglichen Spuren verfolgt. Wir haben uns mit den leiblichen Eltern von Ms. Flynn in Verbindung gesetzt. Sie leben in Myanmar und haben das Land seit Jahren nicht mehr verlassen. Ich hatte beim Gespräch mit ihrem Vater den Eindruck, dass sie mit ihrer Tochter abgeschlossen haben – ja, es sind echte Arschlöcher." Er sah, wie Sams Gesicht sich entspannte, als er zustimmend nickte. „Also, nichts Verdächtiges bei Isas Familie. Was ist mit Ihrer? Es gibt nur Sie und Caleb, nicht wahr?"

Sam nickte. „Unser Vater ist vor einiger Zeit gestorben. Wir haben Cousins, aber ich kann mir nicht vorstellen, dass sie involviert sind. Die meisten von ihnen leben außerhalb des Bundesstaates."

Halsey nickte. „Wir überprüfen sie." Er zögerte und musterte das Gesicht des anderen Mannes. „Wie ist Ihr Verhältnis zu Caleb?"

„Großartig, warum?" Sam musterte Halseys Gesicht. Dann hob er die Augenbrauen, als er begriff, was der Detektiv ihn fragte. „Nein. Auf keinen Fall. Cal und ich, wir sind beste Freunde und Brüder, das waren wir schon immer. Die Tatsache, dass er eine andere Mutter hat, ist irrelevant – ich habe ihn immer als mein Blut betrachtet. Immer. Ich weiß, dass er Ihnen das Gleiche sagen wird."

Halsey überlegte. „Ich hatte den Eindruck, dass er ein wenig in Isabel verknallt ist."

Sam grinste und Halsey bemerkte, wie jede Erwähnung seiner Freundin seine kantigen Gesichtszüge milderte. Sam zuckte mit den Schultern. „Kann ich es ihm zum Vorwurf machen? Es ist nichts. Sie sind gute Freunde. Sie sollten sie zusammen sehen. Schon allein der Gedanke, dass Cal ..."

„Ich muss das fragen."

Sam nickte. „Also gut."

„Was ist mit Sebastian Marshall? Ich weiß, dass Isa ihn für ihren Bruder hält, aber die Wahrheit ist, dass sie überhaupt nicht miteinander verwandt sind. Vielleicht ist er durchgedreht, als sie mit Ihnen zusammenkam ..."

Jemand klopfte laut an seine geschlossene Bürotür und

wartete nicht darauf, dass Halsey antwortete, bevor er die Tür öffnete. Der Polizist warf Sam und seinem Vorgesetzten einen Blick zu. Sein Gesichtsausdruck war besorgt und dringlich.

„Boss, es gab gerade einen Anruf aus Mr. Levys Apartmentgebäude. Aus dem Penthouse. Es hat einen Mord gegeben."

Isa beantwortete die Fragen der Polizeibeamtin geduldig und mit ruhiger Stimme. Sie saß auf dem Sofa im Wohnzimmer und hatte sich von den Polizisten und Forensikern, die mit Antwans Leiche beschäftigt waren, abgewandt. Ihr Körper fühlte sich taub an, aber ihr Gehirn machte Überstunden und ging alles durch, was der Anrufer zu ihr gesagt hatte. Es war seltsam. In der Sekunde, als er sagte, sein Gesicht sei das letzte, das sie sehen würde, hatte sich bei ihr ein Schalter umgelegt.

„Warum glaubst du, dass ich dich nicht zuerst töten werde, Arschloch?", hatte sie in ihr Handy gezischt. „Glaubst du, ich bin eine hilflose kleine Frau, die deiner Gnade ausgeliefert ist? Ich werde nicht so einfach zu töten sein. Wenn du mich anrührst, wirst du dafür büßen, Wichser."

Sein Atemzug war fast unhörbar ... fast. Es hatte eine neue Welle heißer Wut durch sie geschickt – und Zufriedenheit.

„Haben Sie das wirklich gesagt?" Die Polizistin, die sie befragte, sah beeindruckt aus und Isa lächelte.

„Er hatte es verdient", sagte sie leise und die Polizistin grinste.

Sie sah zur Tür hinüber, als Sam und Detective Halsey eintrafen. Sam ließ Isa nicht aus den Augen und als er endlich hereingelassen wurde, rannte er an ihre Seite und zog sie in seine Arme. Isa nickte der Polizistin zu, die lächelte und sich entfernte, um mit Halsey zu sprechen, der sie mit undeutbarem Gesichtsausdruck beobachtete. Sie konnte spüren, wie Sams großer Körper zitterte.

„Es tut mir so leid, dass ich nicht hier war. Es tut mir so leid …"

Sie stoppte seine Entschuldigung mit ihren Lippen und küsste ihn zärtlich. „Ssh, es ist okay, mir geht es gut. Es ist Antwans Familie, die mir leidtut."

Sam vergrub sein Gesicht in ihren Haaren und atmete tief durch. Isa hielt ihn fester, aber sie traf Halseys Blick über Sams Schulter.

„Sie möchten mit mir sprechen, Detective."

Er nickte und sah Sam an. „Allein, bitte."

Isa befreite sich sanft aus Sams Armen. Er presste seine Lippen auf ihre Stirn, bevor er zuließ, dass sie Detective Halsey in einen anderen Raum führte.

Der Detective schloss die Tür hinter sich und Isa holte tief Luft, als er sich zu ihr umdrehte.

„Ms. Flynn, ich bin nicht gut mit Subtilität, also frage ich direkt – denken Sie, dass Mr. Levy zu einem Mord fähig ist?"

Sie stieß den Atem aus. Sie hatte die Frage schon eine Weile erwartet, aber es war dennoch ein Schock, sie so unverblümt zu hören. „Wenn Sie damit meinen, ob er derjenige ist, der mich bedroht, dann Nein. Das ist unmöglich."

„Er scheint sehr …" Der Detective suchte nach dem richtigen Wort. „… leidenschaftlich zu sein."

Isa unterdrückte ein Grinsen angesichts des Unbehagens des Mannes. „Ich versichere Ihnen, Detective, dass ich ebenso empfinde. Sam ist die Liebe meines Lebens. Zur Beantwortung Ihrer ursprünglichen Frage: Nein, er könnte keinen Mord begehen, außer wenn jemand, den er liebt, in Gefahr ist. In Notwehr, meine ich. Aber gilt das nicht für uns alle? Ist das nicht unser Grundrecht?"

Halsey seufzte. „Das ist es. Ich muss trotzdem fragen, besonders im Hinblick auf seine Vergangenheit und den Mord an seiner Mutter. Manchmal kann das Trauma eines so schrecklichen Erlebnisses in so jungen Jahren etwas auslösen ... ahh ..." Er brach ab und grinste schief. „Ich kann sehen, dass ich nicht zu Ihnen durchdringe."

Isa griff nach seinem Arm und tätschelte ihn. Sie fühlte sich seltsam ruhig. *Oder taub.* Sie verdrängte den Gedanken. „Ich verstehe, Detective. Aber ich sage Ihnen ... Sams Vergangenheit sorgt nur dafür, dass er mich beschützen will. Er will mir nicht schaden. Er ist nicht der Mann, den Sie suchen."

Später packten sie ihre Kleider und zogen in eines der Hotels der Stadt. Isa ging in das luxuriöse Badezimmer und ließ ein Bad für sie beide ein. Sam ließ sich von ihr langsam ausziehen. Sein ganzer Körper war müde und erschöpft. In der Wanne lehnte er sich gegen sie zurück, als sie mit einem Schwamm über seine Brust fuhr und ihre Lippen an seine Schläfe drückte. Er nahm ihre freie Hand zwischen seine Hände und verschränkte seine Finger mit ihren. Sie hatte ein paar Kerzen angezündet und das Deckenlicht ausgeschaltet. Die Stille im Raum, der Duft der Badeöle und ihre sanfte, liebkosende Berührung ließen ihn endlich entspannen. Es konnte nicht so weitergehen mit dem ständigen Terror. Aber er hatte keine Ahnung, was er tun sollte.

„Hör auf, über alles nachzudenken", murmelte Isa, als sie sanft sein Ohr küsste und an seinem Ohrläppchen knabberte. „Das Leben besteht aus Momenten. Momente der Liebe, des Schmerzes, des Lachens, des Schreckens. Dies ist ein Moment der Liebe, also genieße ihn einfach."

Sie war den ganzen Nachmittag seltsam ruhig gewesen. Als eine bewundernde Polizistin ihm während Isas Gespräch mit Halsey mitteilte, was Isa zu dem Mörder gesagt hatte, war sein Herz vor Stolz und Liebe angeschwollen. Sie kämpfte und das machte ihn hoffnungsvoll.

Jetzt schloss er die Augen und genoss ihre Berührung, ihren Geruch und ihre zarten Lippen auf seiner Haut. Er spürte ihre weichen Brüste an seinem Rücken und die Wölbung ihres Bauches, wenn sie atmete. Ihre Beine waren um ihn geschlungen und er fuhr mit seinen Händen darüber. Isa ließ den Schwamm fallen und legte ihre Arme um seinen Hals. Er drehte den Kopf, um seine Lippen gegen ihre zu drücken. Ihre Wimpern waren vom Wasser verklebt, ihre Haut war sauber geschrubbt und ihre Augen waren voller süßer Liebe.

„Hey", sagte sie leise und lächelte, als sich ihre Blicke trafen. Er bewegte seinen Kopf so, dass er auf ihrer Schulter ruhte und er ihr hübsches Gesicht sehen konnte.

„Ich liebe dich."

Sie lächelte und küsste ihn. „Ich liebe dich auch. Du bist mein Leben."

Gott, was sie mit ihm machte … er drehte sich in der Wanne

um, sodass er auf ihr war. Sie kicherte, als er überall Wasser verspritzte.

„Du wirst ertrinken …" Sie musste lachen, als er sein Gesicht zwischen ihren Brüsten vergrub – mehrere Zentimeter tief im Badewasser. Sie packte seinen Hinterkopf und riss ihn grinsend hoch, als er Wasser ausspuckte.

„Das ist es wert", sagte er grinsend und eroberte ihren Mund mit seinem. Er hörte, wie sie glücklich stöhnte, als er sie küsste, und das Geräusch ließ ihn hart werden. Er drehte sich um, legte den Fuß um die Kette des Stöpsels und zog ihn heraus, um das Badewasser abzulassen. Sie beobachtete ihn mit einem faulen, trägen Lächeln. Das Kerzenlicht ließ ihre Haut golden leuchten, das Rubinrot ihrer Brustwarzen schimmerte verführerisch und kastanienfarbene Strähnen blitzten in ihrem braunen Haar auf, das sie locker hochgesteckt hatte. Er küsste ihre Lippen. Sie war so schön.

Sie schlang ihre Beine um seine Taille und wölbte ihren Rücken, um ihr Geschlecht gegen ihn zu reiben.

„Du bist gierig heute Nacht", scherzte er leise und sie nickte. Sie klammerte sich fest an ihn, als er sich in sie drückte, und ihre Muskeln spannten sich um seinen geschwollenen Schwanz an, als er sich langsam hinein und wieder hinaus bewegte. Er genoss das Gefühl, wie sie ihn umhüllte und in sich aufnahm. Er küsste ihre Kehle und seine Lippen glitten über ihren Nacken, um sich schließlich auf ihren Mund zu legen. Seine Zunge fuhr über ihre Unterlippe und seine Zähne knabberten sanft daran. Ihre Augen waren geschlossen, aber als sie sie öffnete und ihre Blicke sich trafen, schien ihre warme dunkelbraune Iris, in der sich das Kerzenlicht spiegelte, mit Gold gesprenkelt zu sein.

In diesem Moment konnte er sich vorstellen, dass ihnen nichts etwas anhaben könnte. Ihr zierlicher Körper lag sicher in seinen Armen, als sie sich liebten, und war so real und greifbar. Isa klammerte sich an ihn, als er heftiger in sie eindrang und sein Tempo beschleunigte, so als wollte er sie ganz verschlingen. Er kam schaudernd und stöhnend kurz nach ihr und sagte ihr, wie sehr er sie liebte.

Dann hob er sie aus der Wanne auf den Boden und nahm sie noch leidenschaftlicher, bis sie vor Lust keuchte und seufzte. Ihr Körper wölbte sich nach oben, als sie erneut kam, und drückte sich gegen seinen. Er schlang seine Arme um sie und hielt sie fest, während sie um Atem rang.

„Geht es dir gut?" Er strich mit seiner Handfläche über ihre Stirn, um die festgeklebten Haare zurückzuschieben. Sie lächelte ihn an.

„Bei dir geht es mir immer gut."

Sie schafften es schließlich ins Bett und Sam bestellte etwas beim Zimmerservice. Isa löste ihr Haar und schlüpfte in ein T-Shirt und Shorts. Sam zog seine Jogginghose an und grinste, als er sah, dass Isa seinen Körper anerkennend betrachtete. Sie winkte spöttisch ab

„Weißt du, das alles gehört jetzt mir."

Er lachte und war froh, dass sie immer noch ihren Sinn für Humor hatte. Sie saßen auf dem Bett, sahen fern und hingen ihren Gedanken nach.

Das Mädchen, das den Servierwagen ins Zimmer schob, sah Sam und seine nackte Brust mit großen, lustvollen Augen an – so unverhohlen, dass Sam anfing zu erröten. Er warf Isa einen Blick zu, die versuchte, ihre Belustigung zu verbergen. Als das Mädchen enttäuscht mit einem hohen Trinkgeld weggeschickt worden war, warf Sam eine Serviette auf Isa. Sie kicherte.

„Warum bist du überrascht?", fragte sie und krabbelte über das Bett, um zu dem Essen zu gelangen. Sie machte eine Pause, um ihn zu küssen. „Du bist verdammt heiß." Sie grinste verrucht und stöhnte vor Freude, als sie die Abdeckung von dem Steak nahm, das er bestellt hatte. Er wusste, was sie mochte.

Später zerriss ein Gewitter den Nachthimmel über Seattle und sie schalteten das Licht aus und sahen es sich eng umschlungen an. Sam streichelte ihre Haare, während ihre Wange auf seiner nackten Brust lag.

Nach einer Weile seufzte sie.

„Sam ... ich möchte nicht in die Wohnung zurück."

Er küsste sie auf den Kopf. „Ich verstehe. Wir bleiben hier, bis wir irgendeinen anderen sicheren Ort finden. Die Wohnung im Krankenhaus ist erst in einigen Monaten fertig, aber wir können irgendwo etwas mieten ... solange es sicher ist."

Sie presste ihre Lippen auf seine Haut. „Ich hasse das."

„Ich weiß."

Sie war eine Weile still und hob dann den Kopf, um ihn anzusehen.

„Was, wenn wir ihn aus seinem Versteck locken?"

„Wie meinst du das?"

„Anstatt mich in meinem Elfenbeinturm zu verschanzen, gehe ich hinaus in die Welt, an Orte, wo er zu mir gelangen könnte. Wenn er mich erstechen will, muss er in meine Nähe kommen. Wir haben den Vorteil zu wissen, wen er töten will – mich." Sie tat so, als würde sie erstochen werden. Sam erbleichte und ergriff ihre Hände, um sie zu stoppen. Er konnte es nicht ertragen, sich vorzustellen, wie das Leben aus ihren Augen wich. *Nein.*

„Wovon zum Teufel redest du?"

Sie setzte sich auf. Ihr Gesicht war lebhaft bei ihrer Idee. „Ich könnte eine stichsichere Weste tragen. Wir könnten etwas mit Halsey arrangieren …"

„Bist du verrückt? Auf gar keinen Fall!" Sam war wütend. Er stieß sie weg, stand auf und fuhr sich mit seiner Hand durch die Haare. Er war wütender, als sie ihn jemals gesehen hatte, aber Isa war nicht bereit, die Idee aufzugeben.

„Nein, hör zu …"

„Was verstehst du daran nicht? Er will dich töten. Ende. Und du willst dich in seine Gewalt begeben … mein Gott", zischte er und wandte sich ab, damit sie sein Gesicht nicht sehen konnte. Sie sah zu, wie er tief durchatmete und versuchte, sich zu beruhigen.

„Es tut mir leid." Ihre Stimme war leise. Er drehte sich um und ging vor ihr in die Hocke. Dann zog er sie nach vorn, damit er seine Stirn auf ihre legen konnte.

„Sag nie wieder so etwas. Versprich es mir."

„Versprochen."

Er seufzte und schloss die Augen. Sie küsste ihn sanft und er lächelte.

„Ich hasse es, mich hilflos zu fühlen", sagte sie. „Ich habe das Gefühl, ich warte nur darauf, dass er mich ... dass ich auf den Tod warte."

Sam atmete zitternd aus. „Nicht."

„Okay", flüsterte sie. „Ich habe es so satt, dass er meine Welt immer kleiner macht. Für wen zum Teufel hält er sich?" Ihre Stimme wurde vor Zorn lauter und Sam zog sie in seine Arme.

„Ich verstehe dich. Aber nichts wird mich davon überzeugen, dass der beste Weg, ihn zu fassen, darin besteht, dich in Gefahr zu bringen. Nichts. Wenn ich dich monatelang auf meiner Insel verstecken muss, werde ich es tun."

Sie versuchte zu lächeln. „Habe ich dabei kein Mitspracherecht?"

Er hob die Hände. „Ich will nicht streiten."

Sie beugte sich vor, um ihn zu küssen. „Wenn wir das nächste Mal auf die Insel fliegen, möchte ich, dass es aus einem glücklichen Anlass geschieht."

Er fuhr mit den Fingern über ihre Wange. „Wie ... unsere Flitterwochen?"

Er merkte nicht, dass er den Atem anhielt, bis sie lächelte und nickte. „Zum Beispiel."

Er fuhr mit beiden Händen über ihr Gesicht. Seine großen Handflächen ließen es winzig wirken und sie lehnte sich an ihn. Seine Brust schmerzte vor Liebe zu ihr. „Diese Frage rückt näher."

Sie presste ihre Lippen auf seine. „Meine Antwort auch."

„Ganz nah"

„Gut."

„Wirklich?" Er betrachtete ihr Gesicht, suchte nach Anzeichen von Zögern in ihren Augen und fand keine.

„Wirklich."

Er warf sie plötzlich auf den Rücken, sodass sie laut lachte.

„Ich muss jetzt eine Leibesvisitation durchführen."

Sie kicherte und er legte einen Finger unter ihr T-Shirt und spähte darunter.

„Verdammt, Frau, du bist ganz nackt hier unten.", sagte er mit einem verruchten Grinsen und als er das T-Shirt über ihren Kopf zog, fragte er sich, ob sie alles überwinden und jemals auf die Insel zurückkehren könnten – mit Isa als seiner Frau und frei von allen Gefahren.

Er hoffte höllisch, dass sie es konnten.

Eine Woche lang, dann zwei, dann drei, geschah nichts. Keine Anrufe, keine Leichen, keine Drohungen.

Sam ließ sich nicht täuschen. Es gab keine Minute, in der Isa allein war. Wenn er nicht da sein konnte – und diese Momente waren selten –, standen Zoe, Seb oder Cal bereit. Sam wusste, dass Isa von der Situation frustriert war, aber das war ihm egal. Er wollte, dass sie in Sicherheit war.

Sie erwartete ihn in dem Hotelzimmer, das zu ihrem vorübergehenden Zuhause geworden war, als er nach einem erneuten Treffen mit Halsey nach Hause kam. Er war gereizt, müde und verärgert – und er wurde noch wütender, als er bemerkte, dass Isa allein zu sein schien.

„Wo zum Teufel ist Seb?", knurrte er, bevor sie ihn begrüßen konnte. Sie schloss den Mund und sagte nichts. Ihr Gesicht war schockiert bei seinem Temperamentsausbruch.

„Hier, Alter." Seb trat aus dem Badezimmer und klopfte ihm auf die Schulter. Er grinste seine Schwester an und setzte sich in einen der Sessel. „Ich dachte nicht, dass Isa mir beim Pinkeln zusehen will."

Sam stieß beschämt den Atem aus. „Tut mir leid. Schlechter Tag." Er sah Isa an und erkannte den Schmerz in ihren Augen. „Es tut mir leid, Liebling, ich wollte nicht überreagieren." Er ging zu ihr, schlang seine Arme um sie und war froh, als er ihren sanften Kuss auf seiner Wange fühlte.

„Das ist mein Stichwort, bevor es hier zu romantisch wird. Bis später." Seb nahm seine Jacke von der Stuhllehne. Sam nickte ihm zu.

„Nochmals vielen Dank, Kumpel – und Entschuldigung."

Seb grinste und beugte sich vor, um seine Schwester auf die Wange zu küssen. „Vergiss es. Passt auf euch auf."

Als er die Tür zumachte, schloss Sam sie zweimal ab. Dann zog er seine Jacke aus, setzte sich auf die Bettkante und rieb sich über das Gesicht. Isa legte ihre Hände auf seine Schultern und ihre Finger massierten die steinharten Muskeln. Er genoss ihre Berührung.

„Das fühlt sich so gut an …"

Ihre Lippen fanden seine Schläfe und er zog sie auf seinen Schoß. Keiner von ihnen sprach. Sie starrten einander nur für einen langen Moment an. Sie waren immer noch am Leben und atmeten. Sam legte seine Hand auf ihren Nacken und packte ihre Haare in seiner Faust. Ihre Lippen waren kühl und weich gegen seinen Mund und ihre Zunge streichelte langsam seine. Der Kuss vertiefte sich und Sam presste seinen Mund auf ihren, als wollte er sie verschlingen. Ohne den Kuss zu unterbrechen, schob er sie zurück auf das Bett und griff unter ihren Rock, während sie seine Hose öffnete und seinen Schwanz in ihre Hände nahm. Seine Finger glitten in ihr Höschen und erkundeten ihre feuchte Wärme, ihre seidenweiche Haut und ihr Geschlecht. Sein Schwanz war steif, pulsierend und bereit für sie und er schob ihr Höschen zur Seite und glitt in sie hinein. Er hörte ihr leises Stöhnen, als er sich in sie hinein und wieder hinaus bewegte. Seine Hüften wiegten sich mit ihren und ihre Schenkel umklammerten seine Taille.

Es war eine seltsame Art des Liebesspiels – keiner sagte ein Wort. Stattdessen ließen sie ihre Körper alles sagen, was nötig war.

Danach duschte Sam, während Isa den Zimmerservice rief. Sie aßen, dann reichte ihm Isa mit wachsamen Augen die Zeitung. Sie war auf einer Seite des Kunstressorts aufgeschlagen. Sam ging den Artikel schnell durch und knurrte. Casey. Schon wieder. Sie verbreitete erneut die Lüge, dass Isas Werke Plagiate ihrer eigenen Bilder seien. Sam sah zu Isa auf und sie wies mit dem Kinn auf die Zeitung.

„Lies weiter."

Sam tat es und sah, dass der Autor Paul Carter, einen der

bekanntesten Kunstkritiker Seattles, zitierte, der Isa verteidigte und darauf hinwies, dass Ms. Hamilton dafür bekannt war, „instabil" zu sein. Er sagte außerdem, dass er, Paul Carter, an dem Abend in der Galerie war, als Isa ihre Arbeiten ausgestellt hatte. Sam wusste, dass sein Lob für Isa und seine Einschätzung von Casey in der lokalen Kunstszene großes Gewicht haben würde – nicht, dass er jemals daran gezweifelt hätte, dass Caseys Behauptungen Unsinn waren. Er empfand Dankbarkeit gegenüber dem Kritiker, mit dem er in der Vergangenheit häufig in Konflikt geraten war. Der Mann war arrogant, narzisstisch und angeberisch, aber er kannte sich aus. Sam las weiter und bemerkte, dass Carter, während er Isas Bilder diskutierte, nicht versäumte, sie persönlich zu kommentieren – ihr Aussehen, ihren Körper und ihre Persönlichkeit.

Sam sah sie an und sie nickte. „Etwas gruselig gegen Ende, hm?"

„Das könnte man sagen … Ich kenne Carter und das sieht ihm ähnlich. Er ist ein schmieriger Kerl, aber es ist ein guter Artikel, wenn man über seine Anzüglichkeiten hinwegsieht." Sam lächelte zum ersten Mal an diesem Abend und sah, wie Isa die Augen verdrehte. „Sieh es so – immerhin erspart es uns, persönlich gegen Casey Stellung zu beziehen."

Isa stieß einen langen Atemzug aus und schenkte ihm ein kleines Lächeln. „Ich schätze, du hast recht. Ich denke, ich bin im Moment einfach überempfindlich, wenn irgendjemand Kontrolle über mich ausüben will."

Sam zog eine Augenbraue hoch. „Irgendjemand?"

Sie grinste. „Jemand anderer als du. Wie auch immer …" Sie setzte sich neben ihn auf das Bett. „Ich muss wirklich raus aus diesem Zimmer, Sam, sonst werde ich verrückt. Ich habe heute Sandy angerufen."

Sam strich ihr die Haare aus dem Gesicht. Ihm gefiel die Idee nicht, dass sie draußen herumlief, aber er wusste, dass es ihr gegenüber nicht fair war. So sehr er sie auch liebte, es war ihre Entscheidung.

„Du möchtest also wieder arbeiten?"

Sie nickte und ihre Augen suchten seine. „Das tue ich wirklich."

„Ich denke, das ist eine großartige Idee." Er plante bereits die Sicherheitsmaßnahmen, die er einleiten würde, und sie grinste, als sie seine Gedanken las.

„Was auch immer du tun musst, ist in Ordnung für mich. Aber ich werde nicht zulassen, dass dieses Arschloch meine Welt immer weiter einengt."

Er sah sie an – seine schöne, wütende, süße, wilde, verletzliche Isabel – und fragte sich zum millionsten Mal, wie er jemals ohne sie hatte leben können.

„Ich stehe hundertprozentig hinter dir, Schatz. Aber vielleicht könntest du zuerst etwas für mich tun?"

„Was?"

Sam hob ihr Gesicht zu seinem und küsste sie sanft. „Isabel Eleanor Flynn?"

Sie lächelte „Ja?"

„Willst du mich heiraten?"

Ihr Lächeln wurde breiter und Tränen liefen über ihre Wangen. „Ja."

„Ja?"

Sie warf ihre Arme um seinen Hals, zog ihn auf das Bett und schlang ihre Beine um ihn. Er lachte, als sie glücklich schrie: „Verdammt, ja! Ja, ja, ja …"

LOUISA BALANCIERTE IHR KINN AUF SEBS SCHULTER, ALS ER EIN paar Pfannkuchen aus der Pfanne auf einen Teller warf. „Du lenkst mich ab", grummelte er, lachte aber und drehte seinen Kopf, um sie zu küssen. Sie waren in seiner neuen Wohnung, die er mit Cal teilte. Louisas Augen hatten sich geweitet, als er sie letzte Nacht zum ersten Mal seit seinem Einzug hierher gebracht hatte. Jetzt sah sie sich die große, teuer eingerichtete Wohnung genauer an.

„Nicht übel", sagte sie und spähte aus dem Küchenfenster auf die Straße weit unter ihnen. „Es muss schön sein, einen Sugardaddy zu haben."

Sie grinste Seb an, der lachte. „Du weißt nicht, was ich tun muss, um ihn bei Laune zu halten", seufzte er dramatisch. Louisa lächelte kaum und Seb hob eine Augenbraue. „Was ist?"

„Nichts."

„Louisa?"

Sie seufzte. „Es ist nur … sieh dir diesen Ort an. Kommt es dir nicht seltsam vor, dass Cal dir anbietet, das für dich zu tun?"

Seb zuckte mit den Schultern. „Wir sind praktisch eine Familie."

„Wirklich?"

Seb sah verwirrt aus. „Ich kann dir nicht folgen."

Louisa setzte sich auf die Theke. „Sieh dich um. Ich meine, wenn mein Bruder einen reichen Mann daten würde und die Schwester des reichen Mannes zu mir sagen würde: *Hey, komm und lebe bei mir in meiner Villa ...*"

Seb grinste. „Cal und ich sind auch Freunde, weißt du? Wenn es in unserer Galerie kein Feuer gegeben hätte, wäre ich immer noch dort. Er ist nur ein Freund. Ich dachte, du mochtest ihn, als wir neulich Abend ausgegangen sind?"

„Er ist okay. Er hat etwas von einem Frauenhelden an sich, wenn du mich fragst."

Seb zuckte unbeeindruckt mit den Schultern. „Er ist ein gutaussehender junger Mann. Lass ihn seinen Spaß haben."

„Okay, Opa." Sie beugte sich vor, um ihn zu küssen. „Sei einfach vorsichtig."

Mrs. Levy. Mrs. Levy. Isa grinste vor sich hin. Sie würde sich an den Namen gewöhnen müssen. Es war eine Woche vergangen, seit Sam ihr den Antrag gemacht hatte, und obwohl sie ihm am nächsten Morgen die Möglichkeit gegeben hatte, ihn wieder zurückzunehmen, hatte er nur gegrinst und ihn auf einem Knie wiederholt. Sie kicherte, als er weitersprach und seine Augen verrucht funkelten.

„Ich halte diesen neuen Antrag für notwendig, weil ich dich davon überzeugen muss, dass ich aufrichtig bin und nicht nur im Bann deiner – zugegebenermaßen magischen – Vagina stehe."

Sie brach in Gelächter aus und zog ihn auf die Füße. „Du

Verrückter." Er küsste sie leidenschaftlich und lehnte seine Stirn an ihre.

„Danke." Die Liebe in seiner Stimme hatte sie wieder zum Weinen gebracht. Isa hatte nie einen Ehering gewollt. Aber, Himmel, sie wollte diesen Mann heiraten, diesen wundervollen, eleganten, albernen, sexy Mann. Was sie jedoch nicht wollte, war eine große Hochzeit und sie machte dies zu ihrer einzigen Bedingung. Zu ihrer Erleichterung stimmte er sofort zu.

„Ich denke an dich, mich, Zoe, Seb und Cal im Rathaus", sagte er und hob eine Augenbraue. Sie nickte begeistert und er lachte.

Jetzt musste sie nur noch Zoe mitteilen, dass die Hochzeit kein großes Fest werden würde. Sam brachte sie in das alte Krankenhaus, wo Zoe die Renovierung überwachte. Es schien eine Ewigkeit her zu sein, dass Isa dort gewesen war, und jetzt schnappte sie nach Luft angesichts der Veränderungen. Der ganze Müll war beseitigt worden und die Wände waren neu verputzt und strahlend weiß gestrichen. Es war genug von den ursprünglichen Merkmalen des alten Gebäudes erhalten geblieben, um seinen historischen Charakter zu bewahren, und Isa konnte bereits erkennen, dass die Galerie wunderschön sein würde.

Zoe musterte sie, als sie sich umsah. „Natürlich ist das nur der Anfang. Der Rest des Krankenhauses wird gesperrt sein, bis er fertig ist, aber wir können diesen Teil schon bald eröffnen."

Isa lächelte. „Wow. Gutes Projektmanagement. Ich würde den Handwerkern gratulieren, aber sie werden zu verängstigt sein, um auch nur eine Sekunde lang ihre Werkzeuge wegzulegen. Macht es dir Spaß, sie herumzukommandieren?"

„Werde nicht frech." Zoe kicherte. „Schön, dass es dir gefällt. Deine Werke werden zuerst hier ausgestellt werden."

Isa verdrehte die Augen. „Willst du für den Anfang keine richtige Künstlerin?"

„Nun, das habe ich auch gesagt, aber Sam …" Zoe duckte sich vor ihrem spielerischen Klaps.

Isa holte tief Luft. „Apropos Sam. Wie fändest du es, dich mit mir und ihm zu treffen … und mit Seb und Cal? Am Montag in einer Woche im Rathaus."

Zoe runzelte die Stirn. „Hm?"

Isa verdrehte wieder die Augen und wartete. Schließlich begriff Zoe und ihr Mund öffnete sich überrascht. „Wirklich?"

Isa grinste. „Wirklich."

Zoe kreischte und umarmte ihre De-facto-Tochter. „Oh, Schatz, ich freue mich so für dich."

Isa erwiderte die Umarmung und war erleichtert, dass sie diese Sache geklärt hatte. „Vielen Dank. Für alles, Zoe. Alles."

Zoe wischte sich die Augen ab. „Bei jemand anderem würde ich sagen, dass es zu schnell ist, aber bei dir und Sam … jeder kann sehen, dass ihr füreinander bestimmt seid. Oh …" Sie setzte sich und presste die Hand auf ihre Brust. „Endlich eine gute Nachricht."

Isa setzte sich neben sie auf einen Stapel Holzpaletten und nickte. „Das waren ein paar verrückte Monate, hm?"

Sie schweigen beide eine Weile. Zoe nahm Isas Hand in ihre. „Das ist ein Zeichen, weißt du? Jetzt wird alles besser."

Isa lächelte ihre Freundin an. Sie sah die Hoffnung in ihren Augen und betete schweigend, dass sie recht hatte.

Er hatte ihnen Zeit gegeben. Genug Zeit, um so zu tun, als würde er nicht existieren und die Bedrohung wäre weg. Natürlich hatten sie keine Ahnung, wie nahe er ihr die ganze Zeit gewesen war. Bald war es soweit. Bald würde sie sterben und endlich würde er ihr Blut an seinen Händen und seinem Messer spüren. Es machte ihn hart, daran zu denken. Levy würde nicht wissen, wie ihm geschah. Er hatte die Maßnahmen gesehen, die Sam ergriffen hatte, um sie zu beschützen – lächerlich. Der Idiot dachte, er könnte sie mit seinem Geld retten. *Als ob irgendetwas das könnte.*

Er saß in der kleinen Wohnung, die er gegenüber von ihrem Hotelzimmer gemietet hatte. Was für eine Arroganz, zu denken, dass ihr Leben privat und vor ihm sicher war. Er wusste jederzeit, wo sie war. Er wusste, was sie tat. Er konnte sehen, wann sie aßen und wann sie fickten. Gott, sie sah so schön aus, wenn sie kam. Er hatte bei der Erinnerung daran oft onaniert. Wenn es nicht zu viele Beweise hinterließe, würde er sie gern ficken, bevor er sie tötete, aber das war zu riskant.

Er sah jetzt zu ihrem Fenster hinüber. Es war früh am Abend und die Lampen gingen an. Sie trat ans Fenster, schaute hinaus und schien ihn direkt anzusehen. Ihre entspannte Haltung sagte ihm, dass dies nicht möglich war. Sam erschien ebenfalls. Er legte seine Arme um ihre Taille und drückte seine Lippen auf ihre Schulter. Dann zog er den dünnen Spaghettiträger ihres Kleides von ihrer Schulter und Isa beugte ihren Kopf, damit er seine Lippen zu ihrem Nacken führen konnte.

Ihr Beobachter atmete scharf ein, als ihr Kleid von ihren Schultern fiel und er einen Blick auf ihre vollen Brüste und die glatte Wölbung ihres Bauches erhaschte, bevor sie sich umdrehte, um Sam auf den Mund zu küssen, und er sie aus dem Blickfeld zog.

Verdammt. Sein Schwanz drückte sich schmerzhaft gegen seine Hose. Er öffnete sie und griff hinein. Seine Hand umklammerte den Schaft und sein Atem war ein Grunzen, als er onanierte. Er stellte sich seinen Mund auf ihren Brüsten vor, während er gnadenlos an den dunkelroten Knospen saugte und sie schreien hörte, nicht vor Vergnügen, sondern vor Qual, wenn er sein Messer immer wieder in sie stieß. Er kam hart und schnell und das Sperma schoss in dicken weißen Strömen aus ihm und bespritzte seine Hose. Seine Sicht war verschwommen, als er seine Augen schloss und so tat, als wäre die klebrige Flüssigkeit ihr Blut und er von dem Geruch von Rost und Salz umgeben, während sie mit leeren, schönen, dunklen Augen schlaff in seinen Armen lag.

Er öffnete die Augen und starrte aus dem Fenster, ohne etwas zu sehen. *Lass sie einander lieben. Lass sie glücklich sein.* Es würde das Entsetzen nur noch größer machen, wenn er schließlich zuschlug und Isa auf die schlimmste Weise von Sam wegnahm.

Bald, mein Schatz. Bald.

Weniger als dreissig Meter von dem Mann entfernt, der sie töten wollte, war Isa Flynn glücklich mit ihrer großen Liebe. Sie saß rittlings auf Sam, bewegte langsam ihre Hüften und glitt die Länge seines diamantharten Schafts hinunter. Sie lächelte ihn träge an und er grinste, nahm ihre Hände in seine und verschränkte ihre Finger ineinander. Sie spürte, wie er anschwoll und größer wurde, und spannte grinsend ihre Muskeln an, sodass er stöhnte.

„Himmel, Isa …"

Sie beugte sich vor, um mit ihren Lippen über seine zu streichen. „Was soll ich mit dir machen, Mr. Levy?"

Er wiegte ihr Gesicht in seinen großen Händen. „Alles, was du willst, Isabel. Ich gehöre dir."

„Verdammt richtig."

Sie lachten zusammen und er küsste sie und ließ seine Hände über ihren Körper gleiten. Er legte sie um ihre vollen Brüste, spürte ihr Gewicht in seinen Handflächen und bewegte seine Daumen über die harten Brustwarzen. Das Gefühl sandte einen Schauder durch ihren Körper und sie spannte ihre Vaginalmuskeln an, als sie sich weiter auf ihn senkte.

„Ich will dich ganz in mir."

Er grinste und drehte sie geschickt auf den Rücken. „Dann werden wir die Schwerkraft nutzen." Er drückte ihre Beine auseinander, als er mit seinen Hüften zustieß. Sie stöhnte, als er bis zum Anschlag in sie eindrang.

„Oh Gott … ja …" Sie spannte ihre Beine um seine Hüften an und wölbte ihren Rücken. Er griff nach unten, um ihre Brüste festzuhalten, und reizte ihre Brustwarzen. Sie liebte seinen Gesichtsausdruck in diesem Moment, die Gewissheit, dass sie ihm gehörte, und die Freude, sie wild und leidenschaftlich unter seiner Berührung zu sehen. Er nahm ihre Hände in seine und zog sie über ihren Kopf, als er härter und schneller zustieß und ihre Hüften neigte, sodass er ihre Klitoris stimulierte. Isa war außer sich vor Verlangen und schluchzte beinahe, als sie kam, so überwältigend war der Ansturm von Emotionen, der sie durchflutete. Sam zog sie an sich, als er seinen eigenen Höhepunkt erreichte. Sein Körper krampfte sich zusammen, während er in ihr explodierte. Isa spannte ihre Muskeln um seinen pulsierenden Schwanz an und wollte ihn in sich festhalten. Sam fand ihre Lippen mit seinen und der Kuss war so voller wilder, animalischer Begierde, dass sie erneut kam und ihr Haar in feuchten Wellen über ihre Schultern fiel. Sam fuhr mit seiner Zunge über ihren Mund und presste seine heißen Lippen an ihren Hals. Isa schloss die Augen und rang erschöpft um Atem. Himmel, würde sie seiner jemals müde werden? Ihre Körper passten so perfekt zusammen – sie wusste, dass sie füreinander bestimmt waren. Und bald würde er offiziell ihr gehören. Als ihr *Ehemann*.

Sie lächelte ihn an. Er musterte ihr Gesicht mit diesem intensiven, lavaheißen Ausdruck. Es war keine Belustigung in seinen Augen, nur glühende, alles verzehrende Liebe. *Verdammt ...* Sie spürte, wie ihr Geschlecht unter seinem Blick wieder pulsierte und anschwoll. Er legte sie zurück auf das Bett, ließ sich neben ihr nieder und fuhr mit den Fingern über ihren Bauch, der sich zitternd anspannte. Dann strich er mit seinen Lippen leicht über ihre. Ihre Blicke begegneten sich für einen langen Moment.

„Wir müssen Ringe besorgen", sagte er leise. „Ich möchte, dass du dir den perfekten Verlobungsring aussuchst."

Sie berührte lächelnd sein Gesicht und fuhr mit ihrem Finger über seine Wange. „Ich bin wirklich keine Frau, die einen riesigen Diamanten haben muss. Ein einfacher Ehering reicht mir."

Er lächelte und sie war froh, dass er nicht beleidigt war. „Ich dachte mir schon, dass du das sagen würdest. Ich bin damit einverstanden, aber es gibt etwas, das du haben sollst."

Er stand vom Bett auf, griff nach seiner Jacke und zog eine lange, schmale schwarze Samtschatulle heraus. „Das habe ich heute aus unserem Familientresor geholt. Sie gehörte meiner Mutter."

Er gab sie ihr. Bei seinen Worten und dem sanften Ausdruck in seinen Augen schmerzte ihre Brust und ihre Hände zitterten, als sie die Schatulle öffnete. Darin befand sich eine lange, unglaublich zarte Kette. *Platin*, vermutete sie. In Abständen von zwei oder drei Zentimetern zierten sie winzige Juwelen jeder erdenklichen Farbe. Sam nahm sie aus der Schatulle und zeigte sie ihr.

„Diamant, Rubin, Topas, Smaragd, Amethyst – sie war wie du. Sie liebte helle Farben, hasste aber Prahlerei. Dad hat das für ihre Hochzeit anfertigen lassen." Er legte ihr die Kette um den Hals, machte den Verschluss zu und half ihr auf, damit sie in den Ganzkörperspiegel schauen konnte. Die Kette funkelte im trüben Licht und warf leuchtende Muster auf ihre dunkle Haut. Isa spürte, wie sich der Knoten in ihrer Brust löste und Tränen über ihre Wangen liefen, aber sie lächelte ihn an und drehte sich um, damit sie ihn küssen konnte.

„Ich bin sprachlos. Ich fühle mich geehrt ... Danke." Ihre Stimme brach und er zog sie fest an seine Brust.

„Du bist der Grund, warum ich jeden Tag aufstehe", murmelte er leise. Seine Lippen waren an ihrem Scheitel. Isa drückte ihre Lippen auf seine Haut und sagte nichts. Sie konnte nicht in Worte fassen, wie sehr sie ihn liebte und wie komplett er ihr Leben verändert hatte. Sie sah auf und blickte in seine

Augen und er lächelte und strich ihr die Haare aus dem Gesicht.

„Ich weiß", sagte er leise. Er setzte sich wieder auf das Bett und zog sie auf seinen Schoß. Seine Augen waren jetzt ernst und Isa fühlte plötzlich einen Schauder der Angst.

„Isa … da ist etwas, das ich dir sagen muss. Niemand sonst weiß es, nicht einmal Cal, aber ich will, dass es keine Geheimnisse zwischen uns gibt. Gar keine."

Sie nickte stumm. Sam holte tief Luft.

„Du weißt, was mit meiner Mutter passiert ist. Der Mann, der sie getötet hat … er war besessen und wahnsinnig. Es war das alte Klischee: *Wenn ich sie nicht haben kann, soll niemand sie haben.* Mein Vater war am Boden zerstört, aber es war nicht genug für ihn, dass der Typ den Rest seines Lebens im Gefängnis verbringen würde. Er nutzte sein Geld und bat um Gefälligkeiten. Um es kurz zu machen: Mein Vater und der Mann standen sich am Ende allein in einem verlassenen Lagerhaus gegenüber."

Isa schluckte und ahnte bereits, wohin das führen würde. Sams Arme legten sich fester um sie.

„Er hat den Kerl mit bloßen Händen zu Tode geprügelt."

Als Sam die Worte sagte, riss die Trostlosigkeit in seiner Stimme ein Loch in Isas Herz. Kein Wunder, dass er so viel Angst um sie hatte. Sie konnte sich seinen Schmerz nicht einmal vorstellen. Sam seufzte und legte seine Stirn an ihre.

„Natürlich wurde alles vertuscht, aber Dad war nie mehr derselbe. Er wurde verschlossen und distanziert. Er heiratete Cals Mutter aus Pflichtbewusstsein – sie war schwanger mit Cal, aber es war eine lieblose Ehe. Er hat Cal kaum angesehen.

Ich habe versucht, der Friedensstifter und Vermittler zu sein und Cal und seiner Mutter so viel Liebe zu schenken, wie ich konnte. Genug für mich und für meinen Vater."

Er seufzte und rieb sich über die Augen. Isa schob ihre Finger in seine Locken und drückte ihre Lippen an seine Wange. Er lächelte sie müde an. „Dad dabei zuzusehen, wie er von einem glücklichen, leidenschaftlichen Mann zu einer leeren Hülle wurde, hat mich fast umgebracht. Weil ich nicht verstanden hatte, wie viel sie ihm bedeutet hatte. Meine Mutter war der Lebenssinn meines Vaters. Als ich dich getroffen habe, konnte ich es endlich verstehen."

Sie küsste ihn heftig und er zog sie auf sein Bett. Tränen funkelten in ihren Augen. „Du gehörst mir", flüsterte sie und er stöhnte, als sie ihren Körper gegen seinen drückte und ihre Hand nach unten rutschte, um seinen Schwanz zu streicheln. Er versteifte sich, als sie ihre Hand sanft auf und ab gleiten ließ. Sie bewegte sich tiefer, damit sie ihn in den Mund nehmen konnte, und ihre Zunge strich über die Spitze. Er spürte, wie die Kette um ihren Hals seine Schenkel berührte, während ihre Hand seine Hoden massierte. Es war ein erhabenes Vergnügen, dass alle Anspannung aus seinem Körper vertrieb. Das Gefühl ihrer Zunge, die um ihn herum peitschte, ihr leises Stöhnen, als sie an ihm saugte, ihre geröteten Wangen, als sie ihn tiefer in sich zog ... Himmel ...

„Verlasse mich niemals ...", keuchte er, als er kam und sein Penis pulsierte, während er sein Sperma in ihren Mund pumpte. Sie nahm alles in sich auf und ihre Hände bewegten sich immer noch, um sein Vergnügen zu verlängern.

Schließlich zog er sie hoch, damit er sie küssen konnte. „Versprich es mir", flüsterte er gegen ihre Lippen.

„Ich verspreche es, Sam. Ich werde dich niemals verlassen."

Und er glaubte ihr.

Z OE, DER EINE MÄRCHENHAFTE D ISNEY -P RINZESSINNEN -Hochzeit vorenthalten worden war, hatte darauf bestanden, dass sie ein weißes Kleid trug, und Isa hatte gutmütig nachgegeben. Der schlichte Baumwollstoff umschloss ihre Kurven und endete knapp unter ihren Knien. Ein zartes Muster aus Perlen zierte das Oberteil und die Ärmel waren aus reinstem Chiffon. Die Halskette von Sams Mutter und eine rote Hibiskusblüte – eine Anspielung auf ihr Inselparadies – vervollständigten Isas Hochzeitslook.

Sam holte tief Luft, als sie am Arm eines stolzen Seb im Rathaus erschien und ihr eine bereits weinende Zoe folgte. Ein diskreter Leibwächter war ebenfalls anwesend, aber Sam konnte Isa nicht aus den Augen lassen. Ihre dunkelbraunen Augen leuchteten aufgeregt und ihr welliges braunes Haar reichte ihr fast bis zur Taille und floss über eine Schulter.

Er neigte den Kopf, um sie zu küssen. „Du bist so verdammt schön", murmelte er und wusste, dass sein Fluchen sie zum Kichern bringen würde. Er hatte recht.

Sie musterte ihn von oben bis unten. Er trug einen dunkelgrauen Anzug, der perfekt zu ihm passte. Eine rote Hibiskusblüte war an seinem Revers befestigt und sie berührte sie und teilte ein wissendes Grinsen mit ihm. Für die anderen war es ein Symbol für die Insel, zu der sie später in die Flitterwochen fliegen würden, aber für Sam und Isa hatte die rote Blüte auch eine sinnliche, schmutzige Symbolik. Sie lächelten sich an und wollten einander verzweifelt die Kleider vom Leib reißen.

„Wenn ich euer Vorspiel unterbrechen darf …" Cal steckte seinen Kopf zwischen sie und grinste frech. „Sie sind bereit für uns."

Isabel Flynn wurde in weniger als einer Viertelstunde Mrs. Samuel Levy. Das karge Rathaus, die effizienten, praktischen Gelübde, die sie sprachen, die Dokumente, die sie ausfüllten – nichts davon machte die Veranstaltung in ihren Augen weniger romantisch. Danach gingen sie alle in ein lokales, lebhaftes Restaurant und aßen Steaks und Burger. Es war genauso, wie sie es wollten. Lässig, mit ihrer Familie und mit viel Liebe. Zoe hatte nicht aufgehört zu weinen und später am Abend, bevor sie und Sam gingen, nahm Isa sie beiseite.

„Ich wollte mich für alles bedanken, Zoe. Weil du mich vor all den Jahren gerettet und mir etwas gegeben hast, das ich nie hatte. Eine Familie. Wir sind vielleicht nicht blutsverwandt, aber du bist meine Mutter. Ich liebe dich."

Zoe schluchzte laut, warf ihre Arme um Isa und umarmte sie fest.

Cal schlug Sam leicht auf die Schulter. „Ich bin heute Abend verdammt stolz auf meinen großen Bruder." Sam grinste seinen Trauzeugen an.

„Danke, dass du der coolste Trauzeuge aller Zeiten bist. Ich meine es ernst, danke für alles."

Cal grinste und seufzte spöttisch. „Wenn Isa nur ein Zwilling wäre …"

Sam lächelte. „Pech gehabt." Er schaute auf seine Uhr. Die einzige Extravaganz, die Isa zuließ, war das Privatflugzeug, das sie auf die Insel bringen würde – es war natürlich das Flugzeug mit dem Schlafzimmer an Bord. Er ging zu seiner frischangetrauten Frau und strich mit einer Hand über ihren nackten Rücken.

„Hey, du."

Sie drehte sich um und wieder war er von ihrer Schönheit beeindruckt. Sie gehörte *ihm*. Er konnte es kaum glauben.

„Hey, Liebling."

Er grinste, fuhr mit den Händen über ihre Arme und legte seine Finger um ihre. „Unsere Flitterwochen warten."

Im Taxi auf dem Weg zum Flughafen konnten sie nicht aufhören, sich zu küssen. Im Flugzeug angekommen, plauderte Sam kurz mit dem Piloten, während Isa sich auf einem der Sitze niederließ und ihre Schuhe auszog.

Sobald das Flugzeug gestartet war, löste Isa ihren Sicherheitsgurt und stellte sich vor ihn. Sie ließ das Kleid von ihren Schultern fallen und es glitt über ihren Körper und fiel zu ihren Füßen auf den Boden. Sams Atem stockte. Sie zog ihn auf die Füße und presste ihre Lippen auf seine.

„Bring mich ins Bett und fick mich, Ehemann."

Knurrend trug er sie ins Schlafzimmer und Isas Finger zerrten an seinem Hemd. Er küsste ihre Kehle, ihre Brüste, ihren weichen Bauch und ihren Venushügel, bevor seine Finger ihr Höschen packten und es grob nach unten zerrten. Sein Gesicht war in ihrem Geschlecht vergraben und er genoss den Duft ihrer feuchten Erregung, die ihm wie Honig vorkam. Seine Zunge glitt über den weichen Spalt zu der kleinen Knospe. Er dehnte ihr Zentrum mit seinen Fingern und bewunderte, dass das leuchtende Rosa ein tieferes Rubinrot wurde, als ihre Erregung wuchs. Schließlich blickte er über die Wölbung ihres Bauches nach oben und betrachtete ihr exquisites, leuchtendes Gesicht.

„Ich liebe dich, Mrs. Levy."

Sie schrie auf, als seine Zunge tief in sie eindrang und gegen die empfindlichen Wände ihres Geschlechts schlug. Ihre Finger verknoteten sich fast schmerzhaft in seinen Haaren, aber er machte immer weiter, bis sie ihn anbettelte, sie endlich zu ficken.

Sein erigierter Schwanz war schwer vor Verlangen. Er bewegte seinen Körper über ihren und fühlte ihre feuchte, heiße Haut unter sich.

„Führe mich, mein Schatz.", murmelte er mit seinen Lippen an ihrem Nacken. Er spürte, wie ihre Hände ihn erkundeten und wie sein Schwanz auf ihre Berührung reagierte und unerträglich hart wurde. Sie führte die Spitze zu ihrem Geschlecht und er stieß so fest zu, dass sie aufschrie. Es spornte ihn an und er rammte sich weiter in sie, während seine Hände sie auf das Bett pressten und seine Augen auf ihre gerichtet waren. Sie beugte sich zu ihm, um ihn zu küssen, und ihre Zähne knabberten sanft an seiner Unterlippe. Ihre Zunge erforschte seinen Mund und streichelte seine Zunge. Ein Delirium setzte ein, als hätte ihre Ehe etwas in beiden ausgelöst, das ihnen gestattete, völlig ungehemmt zu sein. Ihr Liebesspiel war leidenschaftlich, brutal und eine sinnliche Offenbarung.

Schließlich sanken sie erschöpft nebeneinander auf das Bett. Ihre Körper waren schweißgebadet und sie atmeten schwer. Sam drehte seinen Kopf, um sie anzusehen, und sie grinste ihn an. Dann herrschte Stille und beide brachen in Gelächter aus. Sam liebte es, wenn sie sorglos lachte. *Das haben wir verdient*, dachte er. *Wir haben unser Happy End verdient, Gott sei uns gnädig.*

Isa stützte sich auf ihren Ellbogen und sah auf ihn hinunter. „Weißt du was?"

Er grinste. „Was?"

Sie beugte sich vor, legte ihren Mund an sein Ohr und flüsterte. „Erzähle es niemandem, aber wir haben heute geheiratet."

Er gluckste. „Oh ja. Fühlst du dich jetzt erwachsen?"

Sie schüttelte den Kopf. „Niemals."

Er grinste und strich mit einer Hand über ihre seidige Haut. „Für mich fühlst du dich erwachsen an."

Sie seufzte und verdrehte spielerisch die Augen. „Ich habe einen Perversen geheiratet."

„Das sagt die Richtige."

Sie kicherte und küsste ihn. Er fuhr mit den Händen über die weiche Haut ihres Rückens und betrachtete ihr schönes Gesicht – die großen, warmen braunen Augen, die winzigen, fast unsichtbaren Sommersprossen, die über ihre Nase und Wange verstreut waren, und das kleine Muttermal an ihrem linken Augenwinkel. Sie grinste entspannt.

„Was?", sagte sie gedehnt und er lächelte.

„Du bist die Liebe meines Lebens. Meine geliebte Frau."

Sie grinste und legte ihren Kopf auf seine Brust. „Das ist das Einzige, was zählt."

Er wiegte ihren Kopf und schloss die Augen in der Hoffnung, dass es wahr war.

Cal wartete auf Seb, als er aus dem Unterricht kam. Seb war einer der letzten Studenten, der aus dem Zimmer kam, während er seine Bücher in seinen Rucksack stopfte. Cal klopfte an den Türrahmen, an den er sich gelehnt hatte, und Seb sah auf und grinste überrascht.

„Hey! Was machst du hier?"

„Nun, ich dachte, ich könnte dich vielleicht überreden, ein oder zwei Bier mit mir zu trinken. Ich möchte mit dir über etwas sprechen."

Seb lächelte. „Hört sich gut an. Ich habe etwas Zeit. Ich treffe Louisa erst später."

Die *Little Pig & Great Hog*-Bar am Rande des Golfresorts lockte ihre Gäste mit dem köstlichen Duft ihres Essens an. Als Cal und Seb aus dem Auto stiegen, atmete Seb tief ein und seufzte glücklich.

„Hier gibt es das beste Barbecue im ganzen Bundesstaat", sagte er zu Cal, „und das Bier ist billig."

„Nicht, dass du dir darüber noch Sorgen machen müsstest." Cal lächelte seinen neuen Bruder an. Seine Worte ließen Seb kurz innehalten.

„Oh, richtig." Er verzog leicht das Gesicht und hielt die Tür auf. Er hasste es, dass Cal einfach davon ausgegangen war, dass es in Ordnung für ihn wäre, Geld von den Levys anzunehmen – er war damit nicht einverstanden. Isa hatte Sam geheiratet, aber was Seb betraf, änderte das nichts.

Drinnen waren Stimmengemurmel und das Klirren von Gläsern zu hören. Eine Jukebox spielte leise und die Barkeeper kümmerten sich effizient um ihre Kunden.

Sie fanden einen Tisch im hinteren Bereich und die Kellnerin brachte ihnen Pommes und Salsa und nahm ihre Bestellung auf. Cal zog seine Jacke aus, hängte sie ordentlich über die Stuhllehne, kramte in seiner Umhängetasche herum und reichte seinem Schwager eine Zeitung. Sie war auf der Seite mit den Bekanntmachungen aufgeschlagen und Seb grinste, als er die einfache Anzeige sah.

Isabel Eleanor Flynn, 28, aus Bainbridge Island, WA, und Samuel Alexander Levy, 39, aus King County, Seattle, WA, haben geheiratet.

Seb lächelte. „Das ist schön."

Cal schüttelte den Kopf. „Nein, Mann, sieh nur." Er tippte auf etwas weiter unten bei den Todesanzeigen. „Das ist verdammt krank."

Seb runzelte die Stirn und sah, was Cal meinte. Es war wie ein Tritt in die Magengrube. Er erblasste und blickte zu Cal auf, der mit wütendem Gesicht nickte. Seb wurde schlecht.

In liebevoller Erinnerung an Isabel Flynn. Ermordet. Möge sie in Frieden ruhen.

„Monster. Krankes, verrücktes Arschloch." Seb brachte die Worte kaum heraus. „Ich habe wirklich genug von diesem Spinner."

Cal nickte. „Ich auch. Während Sam und Isa weg sind, sollten wir Nachforschungen anstellen. Ich kenne einen Journalisten bei dieser Zeitung. Ich kann herausfinden, wer die Anzeige geschaltet hat."

Seb nickte. „Gut. Was können wir sonst noch tun?"

Cal seufzte. „Ich weiß, dass Isa gesagt hat, dass ihr Ex das nicht tun würde – wie hieß er noch mal?"

Seb verdrehte die Augen. „Karl Dudek."

Cal musterte ihn. „Wie war dein Eindruck?"

„Ich erinnere mich, dass er am Anfang in Ordnung war. Wir haben uns gut verstanden. Er war aber besitzergreifend, was meine Schwester betraf. Anhänglich, bedürftig, solche Sachen. Ich glaube nicht, dass er besonders selbstbewusst ist, und als sie sich von ihm getrennt hat, ist er ausgeflippt. Nicht, dass es eine Ausrede wäre, aber er hatte am selben Tag seinen Job verloren. Deshalb habe ich Isa anfangs zugestimmt, dass er es nicht ist, aber jetzt bin ich mir nicht mehr so sicher."

Sebs attraktives Gesicht hatte sich verhärtet, als er sich erinnerte. Cal nahm einen Schluck von seinem Bier.

„Könntest du ihn vielleicht wieder aufspüren? Damit wir mit ihm reden können."

Seb zögerte und nickte dann. „Das wird vielleicht umständlich, aber ich denke, es könnte eine gute Idee sein. Mir fällt ehrlich gesagt niemand sonst ein, der so etwas tun würde. Seltsam, dass es angefangen hat, sobald Isa Sam getroffen hat, findest du nicht auch?"

Cal nickte. „Ja. Wer auch immer es ist, hat wahrscheinlich bereits einen der beiden gestalkt."

„Guter Punkt. Was ist mit Casey Hamilton?"

Cal verdrehte die Augen. „Sie ist ein wandelnder Albtraum. Ich habe keinen Zweifel, dass sie verrückt ist."

Seb starrte einen Moment aus dem Fenster. „In welcher Beziehung stand sie zu Sam? Isa sagte, sie waren zusammen, bevor sie ihn kennenlernte."

Cal zögerte und stieß dann den Atem aus. „Sie waren verheiratet."

Seb spuckte fast sein Bier aus. „Was? Weiß Isa Bescheid?"

Cal schüttelte den Kopf. „Und ich hätte es dir nicht gesagt, wenn ich nicht glauben würde, dass einer von euch es wissen sollte. Ich habe Sam immer wieder geraten, dass er es ihr sagen soll, und er hat ihr schließlich gestanden, dass sie eine Beziehung hatten. Ich habe keine Ahnung, warum er die Sache mit der Ehe ausgelassen hat."

Seb schüttelte verärgert den Kopf. „Das ist nicht fair. Isa hat ihn geheiratet. Wie zum Teufel hat er es geschafft, die Hochzeit zu arrangieren, ohne es zu erwähnen?"

Cal hob die Hände. „Frag mich nicht."

Seb fluchte leise. „Mir gefällt das nicht."

„Mir auch nicht, aber hör zu, ich hatte nicht das Recht, dir sein Geheimnis zu verraten. Ich habe es dir nur gesagt, weil … na ja."

Seb war immer noch wütend. „Weißt du, wie lange Isa gebraucht hat, um wieder jemandem zu vertrauen, nach allem, was ihre Eltern ihr angetan hatten? Mom und ich haben Jahre gebraucht, um ihr Vertrauen zu gewinnen. Dass Sam so einfach in ihr Leben treten und ihr Vertrauen gewinnen konnte, war ein verdammtes Wunder, verstehst du?"

Cal nickte. „Ja." Er seufzte und schüttelte den Kopf. „Hätte ich es dir nicht sagen sollen?"

Seb schüttelte den Kopf. „Ich bin froh, dass du es getan hast. Zumindest weiß jetzt einer von uns Bescheid."

„Du wirst es also nicht weitersagen?"

„Nein." Aber er würde Sam beiseitenehmen, wenn sie von ihren Flitterwochen zurückkamen, und ihn versprechen lassen, Isa alles zu beichten. „Warum muss jedes bisschen Glück getrübt werden? Jetzt auch noch diese Scheiße." Er nickte zu der Zeitung. Er hatte genug davon, sich seine geliebte Schwester tot vorzustellen.

„Du wirst also Karl kontaktieren?"

Seb nickte grimmig. „Ja." Wenn es eine Sache gab, die Seb wusste, war es, dass er seine Schwester vor allem und jedem beschützen wollte, der sie verletzen könnte.

Sogar vor ihrem frischangetrauten Ehemann.

Sam ging ins Schlafzimmer und lachte. Isa saß in seinem offenen, halb gepackten Koffer und sah traurig aus.

„Müssen wir nach Hause gehen?" Sie wirkte so betrübt, dass er wieder lachen musste.

„Wir müssen es nicht … Ich habe dir gesagt, dass wir so lange hierbleiben können, wie du willst. Für immer, wenn du möchtest."

Die zwei Wochen waren mit Sex, Spaß, Gelächter und Sorglosigkeit wie im Flug vergangen. Aber jetzt packten sie für die Rückreise nach Seattle.

Zu früh. „Wir sind wieder in der gleichen Situation wie letztes Mal, nicht wahr?" Und sie hatten immer noch dieselben Probleme. Teufel noch mal.

Sein Gesicht verdunkelte sich und er seufzte. „Ja."

Sie ging auf die Knie und strich über seine Stirn. „Hey, kein Stirnrunzeln. Das ist hier nicht erlaubt."

Sie drückte ihre Lippen gegen seine. Dann presste sie ihre Brüste an ihn und grinste, als sie ihre Hand nach unten schob, um seinen Schwanz durch seine Hose zu berühren. Sie spürte, wie er zuckte und sich versteifte, als sich die heiße Länge gegen ihre Hand schob.

„Wie du willst." Er hob sie grinsend aus seinem Koffer und warf sie auf das Bett. Sie kroch sofort zurück in Richtung des Gepäcks und er griff nach ihrem Fuß. Sie rangen spielerisch miteinander, bis Sam es schaffte, sie unter sich zu fixieren. Er küsste sie langsam und genoss ihren Geschmack – Pfefferminzzahnpasta und ein Hauch ihres grünen Tees vom Frühstück, das jetzt vergessen auf dem Nachttisch stand. Der Duft von Jasmin wehte zu den Fenstern herein. Isas Haar umgab ihren Kopf wie eine weiche Wolke und ihre Haut war ungeschminkt und sanft gerötet. Sie sah so vital und lebendig aus. Er schob seine Hände unter ihr graues T-Shirt und zog es über ihren Kopf. Sie war nackt darunter, weil sie auf einen BH verzichtet hatte, und ihre Brüste waren weich und warm in seinen Händen. Er saugte an beiden Brustwarzen, bis sie hart waren, und Isa seufzte leise und fuhr mit ihrer Hand langsam über seine Leistengegend. Er streckte die Hand aus und öffnete seine Hose, damit sie ihn berühren konnte, und sie nahm die Länge seines Schwanzes in ihre Hände und begann, ihn zu streicheln und sanft an ihm zu ziehen. Sie reizte die empfindliche Stelle hinter seinen Hoden und er stöhnte und vergrub seinen Kopf in ihrem Nacken. Seine Hand glitt zwischen ihre Beine und stellte fest, dass sie bei seiner Berührung bereits feucht war. Er ging tiefer, damit er sie kosten konnte. Ihr Geschlecht schwoll unter seiner Berührung wunderschön rosafarben an und er lächelte zu ihr auf.

„Du bist so hübsch, Baby."

Sein Schwanz war schwer und voll und sie bedeutete ihm, sich zu beeilen und in sie einzudringen. Er legte ihre Beine über seine Schultern und drückte sie fest auf das Bett, während er sie langsam fickte. Seine Hände umfassten die weiche Haut ihres Gesichts und seine Augen waren sanft und voller Liebe. Sie stöhnte vor Vergnügen und seine Stöße wurden hektischer, als sie ihre Beine um seinen Hals legte.

Es fühlte sich an, als würde er nie aufhören zu kommen. Sein Sperma schoss in sie und füllte ihr Geschlecht, als er ihren Namen rief und sie wild küsste.

Wie zum Teufel wird es immer besser mit ihr? Der Gedanke kam aus dem Nichts, während er bei seinem Orgasmus erbebte, aber es war wahr. Der Sex mit Isa war immer aufregend und jedes Mal fanden sie etwas Neues und schmiedeten eine neue Verbindung.

Später im Flugzeug, als sie in seinen Armen schlief, grübelte er darüber nach, was sie als Nächstes tun würden. Er fühlte sich machtlos, wenn es um ihren Stalker ging. Die Polizei hatte keine Anhaltspunkte und es fühlte sich für Sam so an, als würden sie auf der Stelle treten – während die Gefahr ständig wuchs.

Er drehte sich auf die Seite und versuchte, Isa nicht zu wecken. Sie sah so jung und verletzlich aus, als sie in seinen Armen schlief. Er wünschte, er könnte sie festhalten und vor allem beschützen, aber er wusste, dass die Welt nicht so funktionierte.

Er dachte an das zurück, was er Isa erzählt hatte. Sein Vater hatte den Mann getötet, der seine Mutter ermordet hatte. Sam wollte nicht glauben, dass er selbst fähig dazu war, aber er wusste, dass er nicht zögern würde, wenn man ihm Isa wegnahm.

Ich verstehe es endlich, Dad. Sam spürte die ungeheure Veränderung, die über ihn gekommen war, seit all dies begonnen hatte. Er hatte jemanden zu beschützen, jemanden, für den er kämpfen konnte.

Jemanden, für den er töten würde.

„Danke, dass du gekommen bist."

Karl Dudek nickte Seb einmal zu, bevor er sich setzte. Sein Gesichtsausdruck war angespannt und sein Blick huschte über Sebs Gesicht und musterte ihn. Seb versuchte zu lächeln.

„Karl, entspanne dich. Ich wollte nur mit dir reden."

Noch ein Nicken und Seb seufzte. Wie peinlich.

„Ich habe gehört, dass sie geheiratet hat."

Jetzt war es an Seb, wortlos zu nicken. Er wollte nicht mit Karl darüber reden und das Glück beschmutzen, das die Hochzeit seiner Familie gebracht hatte.

Seb holte tief Luft und beugte sich vor.

„Hör zu, ich kann sehen, dass du nicht in der Stimmung für Smalltalk bist. Also frage ich dich ganz direkt: Karl, versuchst du, meine Schwester zu töten?"

Karl machte ein angewidertes Geräusch und wich mit einem verächtlichen Ausdruck im Gesicht zurück. „Hat sie dir das erzählt?"

Seb schüttelte den Kopf. „Eigentlich ist Isa die einzige Person, die dich von Anfang an verteidigt hat."

Karls Gesicht entspannte sich und seine Augen wurden weich. „Hat sie das?"

In diesem Moment wusste Seb Bescheid. Er wusste, dass Karl Isa niemals verletzen würde – nicht absichtlich. Die Liebe in seinen Augen sagte Seb alles, was er wissen musste. Er atmete tief durch.

„Ich glaube dir. Himmel … Es tut mir leid, dass ich fragen musste. Wir haben keine Ahnung, wer das tut. Gar keine. Tut mir leid."

Karl seufzte und hob die Hand. „Schon gut. Die Polizei hat mich bereits befragt. Ausgiebig", fügte er schief grinsend hinzu. „Hmmm … lass mich nachdenken."

Seb fühlte, wie eine Last von seinen Schultern genommen wurde. Es war schön, mit jemandem außerhalb seiner Familie und der Polizei zu sprechen, der vielleicht eine neue Perspektive zu bieten hatte. Karl konzentrierte sich.

„Was ist mit ihrem Ehemann? Könnte er es sein? Es wirkt wie ein seltsamer Zufall, dass dies alles passiert, seit er aufgetaucht ist. Was ist mit seinem Bruder?"

Seb lächelte. „Wenn du einen der beiden kennen würdest, würdest du das nicht sagen."

Karl bestellte einen Kaffee und schwieg, bis die Kellnerin ihn zum Tisch brachte. Er rührte langsam Zucker hinein. „Wie geht es ihr?"

Seb nickte. „Abgesehen davon, dass sie mit einer Morddrohung lebt, geht es ihr gut. Wirklich gut. Sie passen perfekt zueinander."

Er wünschte, er hätte das nicht hinzugefügt, als er sah, wie der Schmerz Karls Gesicht verzerrte. „Du liebst sie immer noch."

Karl zögerte, nickte dann aber, ohne ihn anzusehen. „Sie ist schwer zu vergessen. Seb, bitte sag Isa, dass ich an jenem Tag nicht ich selbst war. Ich bin kein gewalttätiger Mann. Ich werde mir niemals verzeihen, was zwischen uns passiert ist."

Seb beugte sich vor und klopfte ihm auf die Schulter. „Du solltest es tun. Isa hat es getan."

Karl versuchte zu lächeln. „Sie war immer zu gut für mich. Ich hoffe wirklich, dass ihr neuer Ehemann sie verdient hat."

Karl ging kurze Zeit später. Sein Körper war zusammengesunken vor Herzschmerz. *Verdammt, was für ein Durcheinander.* Seb schüttelte den Kopf. Er hatte keine Ahnung, was er als Nächstes tun sollte. Er holte sein Handy heraus und rief Cal an.

Isa griff nach ihrer Tasche und wartete an der Tür auf Sam. Er lächelte sie an. „Bist du bereit für deinen ersten Job auf dem Bau?"

Sie grinste. Er brachte sie in das alte Krankenhaus und ließ sie an diesem Tag in Sebs Obhut. Sie wollte mit der Arbeit beginnen und die Wohnung ausräumen. Sie hatten bereits darüber gesprochen, noch während der Renovierungsarbeiten dort einzuziehen, weil sie unbedingt das Hotel verlassen wollten, aber sie musste sicherstellen, dass die Handwerker es bewohnbar gemacht hatten – auch wenn es für ein paar Monate sehr einfach sein würde. Das war ihr egal – es würde ihr Zuhause sein. Sie brauchten keine *Dinge*, um es zu einem Heim zu machen.

„Ja, meine alten Knochen werden ein Bett brauchen", murmelte er jetzt, als sie ihm das sagte. Sie kicherte.

„Alter Mann."

„Ganz genau."

Es war Anfang Dezember. Der Tag war kalt, aber hell. Ausnahmsweise herrschte wenig Verkehr, als Sam das Auto über den Alaskan Way lenkte. Isa strich über seine Haare und er grinste sie an.

„Gefalle ich dir?"

Sie lächelte. „Immer."

Seb begrüßte sie am Haupteingang. Froh darüber, dass sie nicht allein war, fuhr Sam zu seinem Meeting.

Isa folgte Seb bis zum anderen Ende des Krankenhauses, in dem sich die Wohnung befand.

„Wir haben sie so weit wie möglich ausgeräumt, aber ich kenne dich – du wirst versuchen, etwas aus dem Müll zu machen, also habe ich ein paar nützliche Dinge für dich zum Spielen übriggelassen." Seb grinste seine Schwester an.

Isa umarmte ihn. „Was für ein cooler Bruder du bist." Sie bogen um die Ecke in den Korridor vor der Wohnung. Seb stupste sie mit seiner Schulter an.

„Also … wie fühlt es sich an, verheiratet zu sein?"

Isa grinste ihn schwärmerisch an. „Verdammt großartig."

Seb täuschte einen Schock vor. „Ist das die richtige Wortwahl für die Ehefrau eines reichen Mannes?"

Sie verdrehte die Augen. „Ja, daran muss ich mich noch gewöhnen."

„Ich habe nur Spaß gemacht, Schwesterchen. Du machst dir keine Sorgen darüber, dass er Geld hat, oder?"

Sie zuckte mit den Schultern. „Ein bisschen. Ich kann in diese Ehe so wenig einbringen, Seb. Was hat Sam davon?"

Seb spähte über seine Brille zu ihr. „Dich, du Trottel."

Sie kicherte. „Oh Gott, du siehst aus wie deine Mutter, wenn du das tust."

„Jetzt gehst du mir auf die Nerven, Kleine. Wo im Namen von allem, was heilig ist, ist der Schlüssel?" Er kramte in seinen Taschen herum. „Hier ist er."

„Mir ist langweilig."

„Halt den Mund."

Sie lachte und folgte ihm in die Wohnung.

„Wow, du warst fleißig." Soweit sie sich erinnerte, war der Ort luftig und hell gewesen, aber jetzt waren Schmutz und Dreck beseitigt worden und es war ein wunderschöner offener Raum entstanden. Isa konnte sich sofort vorstellen, hier mit Sam zu leben – *vielleicht mit einem Hund*, dachte sie hoffnungsvoll. Es gab eine Ecke, in der Sam arbeiten konnte, und eine weitere für ihren Studiobereich. Und es gab eine kleine Küchenzeile – genug für zwei Pizza-Liebhaber wie sie.

Seb betrachtete sie mit einem stolzen Gesichtsausdruck und sie umarmte ihn. „Meine Güte, Seb, danke. Es sieht wunderbar aus. Ich kann das Endresultat schon vor mir sehen."

Er zerzauste ihre Haare. „Ich bin froh, das zu hören. Aber seit wann sagst du *meine Güte?*"

„Fick dich."

Seb lachte. „Schon besser. Da drüben ist das Hauptschlafzimmer und wir haben noch ein weiteres gefunden – hat Sam dir davon erzählt? Es ist gut versteckt und ein kleines Stück vom Hauptschlafzimmer entfernt."

Er verschwand in diese Richtung. Isa war von den neu verglasten Fenstern abgelenkt und bewunderte die Aussicht. In der Ferne konnte sie die Olympic Mountain Range erkennen. Die Rückseite des Krankenhauses war ein Labyrinth aus Nebengebäuden und Parkplätzen. Aber es war die Ruhe, die ihr auffiel. Abgesehen von dem leisen, fernen Lärm der Handwerker, die am anderen Ende des Krankenhauses arbeiteten, war es still. Sie schloss die Augen und atmete die frische Luft ein.

Dann wandte sie sich vom Fenster ab und folgte Seb ins Hauptschlafzimmer.

„Seb?"

Keine Antwort. Sie sah eine Tür am anderen Ende des Ganges, wo ein schwaches Licht brannte, und folgte ihm zu dem anderen Schlafzimmer.

Es dauerte einen Moment, bis sie sich an den schwach beleuchteten Raum gewöhnt hatte. Dann keuchte sie. Seb lag auf dem Boden und hatte eine blutige Wunde am Hinterkopf.

Isa hatte kaum Zeit, den Mund zu öffnen und zu schreien, bevor ein schweres, feuchtes Tuch auf ihr Gesicht gedrückt wurde und starke, unerbittliche Arme ihren zierlichen Körper packten. Sie atmete Chemikalien ein, ihr wurde schwindelig und sie fiel hin ...

SAM SEUFZTE BEI DEM MEETING ZWISCHEN IHM, EINEM etablierten Künstler, der einen Teil seiner Werke veräußern wollte, und dem potenziellen Käufer. Das Feilschen um die Preise hatte bis zum frühen Abend gedauert und jetzt musste Sam nicht nur wirklich sehr, sehr dringend pinkeln – er vermisste es auch, Isas Stimme zu hören. Er kümmerte sich zuerst um die dringendste Angelegenheit und fand dann eine ruhige Ecke, um sie anzurufen.

Das Telefon klingelte lange, dann wurde sein Anruf endlich angenommen. Als sie nicht sprach, runzelte Sam die Stirn. „Schatz? Isa?"

Ein Mann lachte am anderen Ende der Leitung und Sams Herz erstarrte. Er öffnete den Mund, um etwas zu sagen, aber er war stumm vor Entsetzen.

„Ich habe sie, Sam. Ich habe deine geliebte Isabel. Mal sehen, was als Nächstes passiert."

Die Verbindung brach ab.

„HALLO, MEINE SCHÖNE." EIN MANN MIT EINER SKIMASKE UND

einer Sonnenbrille packte ihr Kinn, als sie wieder zu Bewusstsein kam. Sie sah sich verzweifelt um und hoffte, dass es Seb gut ging. Ihr Bruder war jetzt an einen Stuhl gefesselt und bei Bewusstsein, aber benommen. Sein Kopf rollte herum, als er stöhnte. Sie selbst war bis auf ihr Shirt und ihre Jeans ausgezogen. Ihre Hände waren auf ihrem Rücken gefesselt worden und sie lag auf dem kalten Betonboden eines riesigen leeren Lagerhauses. Ihr Entführer ging neben ihr in die Hocke. Sie konnte nur seinen zuckenden Mund sehen und versuchte, seine Gesichtszüge auszumachen.

„Erkennst du mich?" Seine Stimme war gedämpft und klang, als hätte er sie verstellt.

Scheiße. Sie erkannte nichts an ihm und er spürte ihre Panik und lachte leise. Er drückte die Waffe gegen ihren Bauch. Sie konnte den kalten Stahl durch ihr T-Shirt spüren.

„Nach allem, was wir geteilt haben, sollte ich beleidigt darüber sein."

Er entsicherte die Waffe und sein Finger am Abzug spannte sich an. Isa konnte sich nicht bewegen und nicht sprechen. Sie starrte auf seine dunkle Sonnenbrille und wartete auf die Kugel.

„Nein! Lass sie in Ruhe." Seb kämpfte verzweifelt gegen die Fesseln. Der Kerl lachte und senkte die Waffe. Isa konnte Seb nur mit schmerzerfüllten Augen anstarren.

„Bitte", flüsterte sie. „Lass ihn gehen. Bitte tu ihm nichts. Du hast mich. Du brauchst ihn nicht."

„Du meinst also, ich sollte *dich* einfach töten?"

Seb hörte auf zu kämpfen. Sein Gesicht war voller Angst und

Verzweiflung. „Nein, bitte hör auf. Du darfst sie nicht töten, bitte. Bitte." Seine Stimme war gebrochen.

Der Kerl mit der Skimaske grunzte. „Was zur Hölle mache ich dann hier? Bin ich hier, um euch beide auf ein Eis einzuladen oder euch eine Gutenachtgeschichte vorzulesen?" Er ging zu Seb und schlug ihn mit dem Griff der Waffe. Isa schrie. Sebs Kopf flog zur Seite und Blut begann aus einer Wunde über seinem Auge zu fließen. Der Kerl mit der Skimaske brachte seinen Mund an Sebs Ohr. „Ich muss sie töten, mein Freund. Das ist mein ganzer Lebenssinn. Das hier ist nur ein kleiner Vorgeschmack."

Er richtete die Waffe auf Isa und schoss. Die Kugel traf ihre Schulter und sie schrie vor Qual. Der Schmerz war überwältigend. Blut spritzte über ihr T-Shirt, ihre Brust und ihr Gesicht.

„Nein!"

Seb versuchte panisch aufzustehen. Isa rollte sich auf den Rücken und holte tief Luft, um zu verhindern, dass ihr schwarz vor Augen wurde.

„Es tut vielleicht höllisch weh, aber es ist nur eine Fleischwunde, meine Schöne." Der Kerl ging neben der verletzten Frau in die Hocke und lächelte zu Seb hinüber. „Wohin als Nächstes, mein Freund? Noch fünf Kugeln."

Er drückte die Waffe gegen ihren Bauch. „Bang, Bang." Dann bewegte er sie tiefer. „Bang, Bang. Zwei in ihren Bauch." Er grinste einen entsetzten Seb an und schob die Waffe unter ihre linke Brust. „Eine im Herzen. Bang. Vielleicht doch nicht. Das wäre zu schnell. Zu endgültig. Hmm."

Seb kämpfte gegen seine Fesseln an und versuchte verzweifelt, zu seiner Schwester zu gelangen, ihr zu helfen und sie zu retten. Isa starrte das Monster über ihr an. Der Kerl fuhr mit der Waffe über ihr Gesicht. „Vielleicht reserviere ich die letzte Kugel für deinen kleinen Bruder." Er richtete die Waffe auf Seb und Isa stöhnte verängstigt. Ihr Angreifer sah auf die Frau unter seiner Waffe und lächelte sie an.

„Ich spiele nur mit dir. Es wäre mir ein Vergnügen, dich zu erschießen, schöne Isa, aber du weißt, was ich für dich geplant habe. Mein Messer ..." Seine Stimme war jetzt ein Singsang und er drückte einen Finger in ihren Nabel und stieß hinein. „Mein Messer wird immer und immer wieder hier eindringen ... Oh Gott, ich kann es kaum erwarten ..." Er bückte sich und drückte seinen Mund gegen ihren. Sie riss sich los und spuckte ihm ins Gesicht. Er presste die Pistole an ihre Kehle. Sie würgte, als das Metall gegen ihre Luftröhre drückte.

„Mach das nie wieder." Er ließ sie los und sie holte tief Luft. Seb kämpfte immer noch gegen seine Fesseln und seine Augen klebten an seiner Schwester. Isa fühlte sich seltsam benommen. *Das muss der Blutverlust sein*, dachte sie. Was machte es jetzt noch aus? Er würde sie beide töten. Was, wenn Seb nicht sterben musste?

„Bitte ... bitte ..." Ihre Stimme war schwach. Der Kerl mit der Skimaske duckte sich und fuhr mit einem Finger über ihr verschwitztes Gesicht.

„Was ist, meine Schöne?"

Sie schluckte. „Erschieße mich ... erstecke mich ... töte mich, mach was du willst, aber bitte lass ihn gehen."

Die Hand auf ihrem Gesicht hielt inne. „Willst du mir sagen, wenn ich ihn gehen lasse, lässt du dich von mir erstechen? Du wirst nicht gegen mich ankämpfen? Du nimmst mein Messer einfach immer wieder wie ein braves Mädchen in dir auf?"

Kranker Bastard … aber sie nickte. Was auch immer nötig ist. „Bitte lass ihn einfach gehen."

Es herrschte lange Stille. „Okay."

Ein kleiner Hoffnungsschimmer flackerte in der Dunkelheit auf. Der Kerl mit der Skimaske ging zu Seb hinüber und mit Erleichterung sah sie, wie er seine Füße befreite. Seb war immer noch erstarrt, starrte sie an und schüttelte den Kopf.

„Ich werde sie nicht verlassen." Seine Stimme war ruhig und klar.

„Seb … nein …"

Die Stimme des Kerls war spöttisch. „Oh, brüderliche Liebe. Wie rührend."

Er neigte seinen Kopf so, dass sein Mund an Sebs Ohr war. „Tut mir leid, Seb. Ich will nur eine Person beobachten, während ich sie töte. Und das bist nicht du."

Seb wollte gerade antworten, als der Kerl mit der Skimaske ihm ruhig und ohne zu zögern in den Kopf schoss.

Isa schrie, als Sebs Körper zu Boden sackte. Seine Augen waren offen und starrten sie an. Isa war wahnsinnig vor Trauer, Wut und Qual und sie wand sich heftig und ignorierte den brennenden Schmerz in ihrer Schulter, als sie verzweifelt versuchte, zu ihrem Bruder zu gelangen. Seb hustete einmal, dann hörte sie, wie das Leben in ihm mit hoffnungsloser Endgültigkeit erlosch.

„Du Scheißkerl! Du verdammtes Monster!", schrie sie den Mörder ihres Bruders an und kümmerte sich nicht darum, ob er sie jetzt tötete. Er lachte nur, trat neben sie und zog sie an ihren Armen zu dem Stuhl, von dem Seb gefallen war. Der Schmerz in ihrer Schulter war nichts gegen die überwältigende Trauer. Isa schluchzte unkontrolliert. Er setzte sie auf den Stuhl und duckte sich vor ihr. Isa war geblendet von den Tränen, die über ihre Wangen liefen. *Das passiert nicht wirklich. Das ist nicht real ...*

„Ich werde dich heute Nacht nicht töten, meine Schöne. Ich möchte, dass Sam zusieht, wenn ich dich ausweide. Das ...", er schwenkte seine Waffe in die Richtung ihres toten Bruders, „... sollte dir eine Vorstellung davon geben, wie er dich sterben sehen wird." Er erhob sich und Isa blickte auf und begegnete trotzig seinem Blick durch ihre Tränen.

„Wir sehen uns bald wieder, Süße." Er hob die Waffe und schlug damit brutal auf ihren Kopf. Schmerz explodierte in ihrem Schädel und das Letzte, was sie sah, bevor sie ohnmächtig wurde, war die Leiche ihres geliebten Bruders. *Seb, Seb ... es tut mir leid ...*

Er zog die Skimaske von seinem Gesicht und küsste ihren perfekten Mund. Er war so weich und süß, wie er ihn sich immer vorgestellt hatte. Er hatte noch nie eine so schöne Frau gesehen. Trotzdem war sie so still und gebrochen. Aus ihrer Schulter sprudelte Blut und sie hatte eine Platzwunde, wo die Pistole ihren Kopf getroffen hatte. Blut rann über eine Seite ihres schönen Gesichts.

„Schlaf, mein Schatz."

Er lehnte sich zurück und beobachtete sie. Sie war so verletzlich. Seine Waffe fühlte sich immer noch warm an, nachdem er Seb getötet hatte. Schade, aber es war nötig gewesen. Er wusste, dass Sebs Ermordung ihr Glück für immer zerstört hatte – nun, solange sie noch zu leben hatte. Das Wissen, dass Sam ebenfalls diesen Schmerz fühlen würde, würde ihre verbleibenden Tage überschatten. Er lächelte vor sich hin und drückte die Pistole wieder an ihren Bauch. Er stellte sich das heiße Metall vor, das in sie eindrang, und die Art, wie ihr Körper zuckte und schließlich schlaff wurde. Sein Finger glitt zum Abzug. Er fragte sich, ob er wieder auf sie schießen könnte, nur um das Gefühl noch einmal zu erleben, aber die Schulterwunde blutete immer noch stark und er wollte nicht, dass sie ganz ausblutete. Vielleicht hätte er gar nicht auf sie schießen sollen. Die Kugel hatte ihre Schulter völlig entstellt.

Trotzdem ... „Bang, Bang, Bang", flüsterte er und lachte. Sie rührte sich und sein Finger zuckte. *Nein.* Er hatte einen Plan und er würde sich daran halten. Er steckte die Waffe weg, beugte sich über sie und hörte ihr mühsames Atmen.

„Isa?"

Sie murmelte. Er schürzte die Lippen und griff in seine Jacke, zog das Beruhigungsmittel heraus und steckte die Spritze in ihren Hals. Sie stöhnte, als er den Kolben drückte.

„Ich sagte, du sollst schlafen, mein Schatz." Seine Stimme war hart. Er küsste sie erneut, deckte sie mit Sebs Jacke zu und ging.

Draußen angekommen, fuhr er im Halbdunkel durch die Stadt, bevor er mit einem Prepaid-Handy die Polizei anrief. Sie würden sie dadurch früher finden – was bedeutete, dass Sam und die restliche Familie noch heute Abend davon erfahren würden. Es würde überall in den lokalen Nachrichten sein. Sein Werk, sein Meisterstück.

Und es war nur der Anfang ...

. . .

Sam war außer sich vor Angst und Sorge und Zoe sah blass aus. Detective Halsey warf Sam immer wieder Blicke zu, als er den Anruf aus der Notrufzentrale entgegennahm. Er legte auf und holte tief Luft.

„Sie haben vor einer halben Stunde einen Anruf bekommen. Der Anrufer sagte nur, sie sollten nach zwei Personen Ausschau halten, die in einem verlassenen Lagerhaus in der Nähe des Flughafens verletzt wurden. Sie haben einen Krankenwagen geschickt. Die Polizei hat gerade einen Toten bestätigt."

Zoe schrie und Sam packte sie und hielt sie fest. *Oh Gott, nein.*

„Sind sie es?"

Halsey sah ihn mit tiefem Kummer in den Augen an. „Die beiden Opfer hatten keine Ausweise dabei, aber es handelt sich um einen jungen afroamerikanischen Mann Anfang zwanzig und eine Frau Mitte zwanzig."

Sam wollte die Frage nicht stellen, nicht vor Zoe, aber er musste es wissen. „Wer ist tot?"

Er spürte, wie Zoe sich an ihn klammerte, und wusste, dass sie versuchte, nicht zuzuhören. Keine Antwort würde sie trösten. Halsey schüttelte den Kopf.

„Das haben sie nicht gesagt. Der Überlebende wurde mit schweren Schussverletzungen ins Krankenhaus gebracht. Die Leiche des Verstorbenen wird in die Gerichtsmedizin gebracht." Er seufzte, stand auf und ging um seinen Schreibtisch herum, um sich vor sie zu setzen. Er legte seine Hand auf Zoes Schulter. „Es tut mir leid. Wir fahren Sie ins Krankenhaus."

In der abendlichen Kühle draußen sah Sam, wie Cal mit einem Polizisten sprach. Er kam herüber, als er sie entdeckte. Sein Gesicht war besorgt.

„Hey, ich habe gerade deine Nachricht erhalten."

Sam nickte kurz. „Wo bist du gewesen? Ich habe dich hundert Mal angerufen."

Cal zuckte bei der Wut in Sams Stimme zurück. „Bei einer Freundin. Was ist los? Wo ist Isa?"

Zoe fing leise an zu weinen, als Sam es erklärte. „Wir gehen jetzt ins Krankenhaus. Er hat sie und Seb entführt, einen von ihnen getötet und den anderen angeschossen. Wir wissen nicht, wer tot ist."

Cal sah aus, als würde ihm schlecht werden. „Oh Gott ..."

Halsey tauchte in einem Auto auf, das neben ihnen angehalten hatte. Cal zog Zoe zu sich auf den Rücksitz und legte seinen Arm um ihre Schultern, während Sam vorne saß und blind aus der Windschutzscheibe starrte.

Einer tot, einer lebendig ... Sam wiederholte den Satz in seinem Kopf. Er hasste es, dass er betete und die himmlischen Kräfte anflehte, dass es Isa war, die überlebt hatte. *Oh Gott, Seb, es tut mir leid, es tut mir so leid ...* Er fühlte sich selbst wie ein Mörder, als er in den Rückspiegel schaute und bemerkte, wie Zoe ihn ansah. *Es tut mir leid.* Er fragte sich, was zum Teufel ihr wohl durch den Kopf gehen könnte.

Halsey warf ihm immer wieder Blicke zu, während der Wagen durch die dunklen Straßen von Seattle raste. Schließlich hielt er auf dem Parkplatz des Krankenhauses. Sam sprang aus dem Auto und wollte nicht länger warten.

„Sam!"

Aber er ignorierte Cals Schrei und rannte zum Eingang. Erst an der Tür holte Halsey ihn ein und hielt ihn auf. Er stoppte Sam mit seinem Körper – beeindruckend für einen Mann deutlich geringerer Größe.

„Sam … Sam … hören Sie zu." Halsey war atemlos. „Sie müssen sich auf das Schlimmste gefasst machen. Wer auch immer noch lebt … ein Freund oder ein Familienmitglied ist gestorben."

Sam nickte und schob sich an ihm vorbei zur Rezeption. Die Krankenschwester sah ihn erwartungsvoll an, aber er brachte keinen Ton heraus. Halsey zeigte ihr sein Abzeichen und erklärte, wer sie waren und wen sie sehen wollten.

Die Krankenschwester überprüfte ihre Computerdaten. „Sie sind noch nicht hier."

„Wissen Sie … wissen Sie, wer sie sind …" Sam brachte die Worte nicht richtig heraus, aber dann stieß Zoe einen Schrei aus, als eine Bahre schnell an ihnen vorbeirollte. Sams Magen senkte sich, als er Isas stilles Gesicht, und die blutgetränkten Kleider und Laken sah. Ihre Augen waren geschlossen und ihre Haut war blasser als jemals zuvor. Sie sah tot aus. Nein … nein … warum sollten sie sie dann in den OP bringen? Er sah Zoe an, deren Augen wild und verängstigt wirkten. Sie schüttelte verwirrt den Kopf. Halsey legte seine Hand auf Zoes Arm.

„Ich werde herausfinden, was los ist."

Sam starrte der Trage nach, die den Korridor entlang in der

chirurgischen Abteilung verschwand. Halsey hatte recht – tief in seinem Inneren wusste Sam, dass sie am Leben war, aber wo war die Freude in ihm?

Seb ... Seb war tot. Er wirbelte herum und hörte Zoes Schrei. Halsey folgte einer Bahre mit einem schwarzen Leichensack. Es war so endgültig und schrecklich. Seb war tot.

Sam fing Zoe auf, als die ältere Frau zusammenbrach und um ihren ermordeten Sohn weinte.

Als eine Chirurgin zu ihnen kam, war es im Krankenhaus totenstill. Zoe hatte sich im Wartezimmer zusammengekauert und war in einem beinahe katatonischen Zustand. Cal, dessen graues Gesicht voller Angst und Kummer ihn jünger aussehen ließ, beobachtete, wie sein Bruder mit starrem und wildem Blick durch den Raum lief. Isa war seit Stunden in der Chirurgie und niemand war gekommen, um sie auf den neuesten Stand zu bringen. Halsey blieb so lange wie möglich bei ihnen, bevor er zur Arbeit zurückgerufen wurde. Zwei uniformierte Polizisten standen vor dem Warteraum und hielten Wache.

Die Chirurgin, eine effizient aussehende Frau in den Fünfzigern, nickte ihnen zu, als sie den Raum betrat und sich als Dr. Reinhold vorstellte. Sie zog einen Stuhl heran und bedeutete Sam, sich zu setzen. Er setzte sich neben seinen Bruder, der eine beruhigende Hand auf seine Schulter legte.

„Wie Sie vielleicht schon wissen, wurde Mrs. Levy in die Schulter geschossen. Die Kugel hat den Knochen verfehlt, aber was uns mehr Sorgen macht, ist die beträchtliche Menge Blut, die sie verloren hat. Wir haben sie jetzt stabilisiert und hoffentlich wird sie keine weitere Operation brauchen, auch wenn wir das nicht ausschließen können." Die Ärztin holte tief Luft. „Wie ich schon sagte, wir haben sie stabilisiert, aber ich muss Sie warnen: Mrs. Levy ist sehr schwer verletzt. Ihre Genesung wird sowohl physisch als auch psychisch lange dauern."

Eine Minute lang sagte niemand etwas, dann seufzte Zoe. „Doktor ... wissen Sie, was mit meinem Sohn passiert ist?"

Dr. Reinhold warf Sam einen unsicheren Blick zu, aber er nickte. „Ihr Sohn? Sebastian? Ihm wurde in den Kopf geschossen. Er war sofort tot, er hat nicht gelitten. Ich weiß, das ist kein großer Trost, Ms. Marshall, und Ihr Verlust tut mir aufrichtig leid."

Mit trockenen Augen versuchte Zoe zu lächeln. „Danke, Doktor. Und danke, dass Sie meine Tochter gerettet haben."

Die Anspannung, an der Sam sich festgehalten hatte, löste sich und sein ganzer Körper sackte zusammen. Er bemerkte, dass er darauf gewartet hatte, dass Zoe schrie, wie unfair es sei, dass ihr Sohn gestorben war, und dass es Isas Schuld sei. Er hatte sich darauf vorbereitet, damit umzugehen, und jetzt, als sie Isa als ihre wahre – und geliebte – Tochter bezeichnete, zerbrach etwas in ihm. Er ließ den Kopf in die Hände sinken und schluchzte.

Die Polizei brachte Louisa ins Krankenhaus und als Zoe zu der jungen Frau ging, begleitete Cal sie. Louisas Gesicht war blass und als Zoe ihr sagte, dass Seb tot war, gaben ihre Beine unter ihr nach und sie sank zitternd auf den Boden. Zoe und Cal schafften es schließlich, das schluchzende Mädchen auf einen Stuhl zu setzen.

Als sie sich beruhigt hatte, nahm Zoe ihre Hand. „Ich weiß, Schatz, ich weiß, aber wir müssen realistisch sein."

Seb war tot. Louisa sah in Zoes freundliches, aber gequältes Gesicht. „Zoe, ich kann mir nicht vorstellen, wie du dich gerade fühlst. Wie geht es Isa?"

„Sie wird sich erholen, zumindest körperlich. Es bleibt abzuwarten, ob es einem von uns jemals wieder gut gehen wird."

Zoe klang völlig niedergeschlagen und erschöpft und Louisa drückte ihre Hand. Sie wischte sich über die Augen und warf Cal einen Blick zu. Sie mochte den Kerl nicht allzu sehr, aber sie konnte nicht leugnen, dass er völlig erschüttert aussah. Sie erinnerte sich, dass Seb ihr von Cals Mutter erzählt hatte … nein, Moment, es war *Sams* Mutter, die ermordet worden war. Sie schüttelte den Kopf. Oh Gott, so viel Verlust.

Cal sah auf, als er ihren Blick auf sich spürte. Er versuchte zu lächeln, seufzte aber nur. „Es tut mir so leid, Louisa." Seine Stimme war leise und rau und ihr Herz brach für ihn. Er hatte seinen Freund und Mitbewohner verloren.

„Hört zu", sagte sie, „warum gehen wir nicht alle zu dem Diner an der Ecke und holen uns etwas zum Frühstück. Nicht, dass ich denke, dass wir uns dadurch besser fühlen, aber es ist besser, als hier zu warten."

„Gute Idee." Sie sahen alle auf, als Sams Stimme erklang. Er stand in der Tür und füllte den Rahmen aus. Seine grünen Augen waren voller Schmerz und Wut. „Die Chirurgin hat mir gerade gesagt, dass Isa die Operation überstanden hat, aber sie wird noch eine Weile hier sein. Ich könnte einen Kaffee vertragen."

Zoe wollte zwar nicht mitgehen, ließ sich aber überreden, weil Sam mit ihnen kam. Schließlich erreichten sie alle das Diner.

Die Kellnerinnen, die es gewohnt waren, sich mit trauernden Menschen zu befassen, weil das Diner so nahe am Krankenhaus war, behandelten sie rücksichtsvoll und brachten ihnen Kaffee. Sam saß neben Zoe und legte den Arm um ihre Schultern. Louisa fühlte sich etwas unbehaglich, während sie neben Cal saß. Seine große Präsenz schien jetzt kleiner zu sein.

Sam sprach mit leiser Stimme zu ihnen. „Es ist mir egal, wieviel Security wir bisher hatten – alles ändert sich von jetzt an. Es tut mir leid, aber jetzt wissen wir, dass wir alle in Gefahr sind, und ich riskiere nicht noch mehr Leben. Cal, ruf Jock an und lass ihn rund um die Uhr für die Sicherheit für Isa, Zoe und Louisa sorgen."

Louisa öffnete den Mund, um zu protestieren, aber Sam sah sie an. „Nur bis die Polizei den Kerl erwischt, Louisa", sagte er. „Wir würden uns niemals vergeben, wenn dir etwas passiert."

Louisa schloss ihren Mund. Sam war offensichtlich nicht in der Stimmung für Widerworte. Zoe fuhr sich mit der Hand übers Gesicht.

„Ich werde bei allem mitmachen, was du für nötig hältst, Sam, aber wir müssen auch über Sebs Beerdigung sprechen. Ich möchte nicht, dass die Trauernden an der Kirchentür durchsucht werden."

„Natürlich nicht." Sams Stimme wurde weicher und er streichelte ihre Schulter. „Das würde ich niemals zulassen. Wirst du warten, bis Isa aus dem Krankenhaus entlassen wird?"

Zoe nickte. „Ich hoffe, es wird nicht allzu lange dauern."

Sam zuckte mit den Schultern. „Das wissen wir noch nicht."

Die Kellnerin brachte ihre Bestellung und alle vier aßen ohne

Appetit. Cal seufzte nach einer Weile und legte seine Gabel weg.

„Ich verstehe das nicht … warum sollte jemand Seb töten?"

Er sah, wie Zoe zusammenzuckte. „Entschuldige, Zoe, aber warum sollte jemand das tun, aber Isa nicht töten? Ist es nicht das, was er will? Warum hat er sie gehen lassen?"

„Wir haben es hier mit einem kranken Bastard zu tun", sagte Sam hart. „Er will sie vollständig brechen, bevor er es beendet. Auf diese Weise zeigt er Isa, dass er ihr Leben in seinen Händen hält. Verdammt." Sam brach ab und schüttelte den Kopf. Sein Gesicht war grau vor Erschöpfung und Trauer.

„Ich verstehe einfach nicht, warum das passiert", sagte Zoe leise nach einer langen Pause. „Isa ist so nett. Wie konnte sie solchen Hass und solche Gewalt auslösen?"

„Das ist leicht", sagte Cal etwas harsch. „Es ist ihr Gesicht. Zoe, dieser Mistkerl sieht diese Art von Schönheit als Herausforderung. Er muss sie besitzen oder zerstören."

„Was gibt ihm das Recht dazu?" Zoes Stimme wurde lauter. „Für wen zum Teufel hält er sich?"

„Genau", sagte Sam. „Isa mag meine Frau sein, aber ich mache mir keine Illusionen, dass sie mir oder jemand anderem gehört. Das ist Liebe. Was dieser Kerl hat, ist eine tiefe, brutale Besessenheit und es ist erschreckend."

Louisa schauderte bei seinen Worten und sie fühlte, wie Cal ihre Hand drückte, um sie zu trösten. Sie lächelte ihn dankbar an. „Hört zu, Cal und Zoe, wenn ihr wollt, dass ich … ähm … Sebs Sachen in der Wohnung packe, mache ich das gerne."

Zoe nickte. „Vielen Dank. Das wäre eine Hilfe."

„Ich komme mit", sagte Cal. „Dann brauchst du kein Sicherheitsteam, das auf dich aufpasst."

Sie ließen Sam und Zoe im Diner zurück und Cal fuhr Louisa zu seiner und Sebs Wohnung. Louisa ging es gut, bis sie Sebs Zimmer betrat, in dem sie vor ein paar Tagen den Nachmittag damit verbracht hatten, einander zu lieben und zu lachen. Das Zimmer, in dem Seb ihr schüchtern gestanden hatte, dass er sich in sie verliebt hatte. Sie hatte gekichert und ihm gesagt, er sei verrückt.

Jetzt wünschte sie sich, sie wäre ehrlich zu ihm gewesen und hätte ihm gesagt, dass sie verrückt war – nach ihm. Louisa hielt ein Schluchzen zurück und fühlte Cals Hand auf ihrem Rücken.

„Alles okay?"

Sie schüttelte den Kopf, setzte sich auf das Bett, presste Sebs T-Shirt auf ihr Gesicht und ließ ihre Tränen in den Stoff fließen. Sie schluchzte ein paar lange Minuten, ohne sich darum zu kümmern, was Cal von ihr hielt.

Als ihre Tränen zum Stillstand kamen, spürte sie, wie sich das Bett neben ihr senkte, als Cal sich setzte. Sie sah auf und er reichte ihr ein Glas Scotch. Sie bemerkte, dass seine Augen gerötet waren.

„Trink das", sagte er. „Wenn es jemals einen Grund gab, sich zu betrinken ..."

Sie tat es und schauderte, als der Alkohol ihren Rachen traf. „Oh Gott, das ist eklig."

Cal lachte kehlig. „Du hast keinen Geschmack."

Louisa lächelte leicht, aber der Schmerz lastete schwer auf

ihrer Brust. „Es ist nicht real", sagte sie mit gebrochener Stimme. „Es ist so unwirklich. Er wird nie mehr durch diese Tür kommen."

Noch mehr Tränen kamen und sie glitt auf den Boden und zog ihre Knie an ihre Brust. Sie fühlte Cals Hand auf ihrer Schulter und ergriff sie.

„Ich weiß", sagte er, „ich will den Bastard, der das getan hat, umbringen, Louisa."

Louisa nickte und sah ihn unter Tränen an. „Versprich mir, es zu tun, wenn du jemals die Gelegenheit bekommst."

Cal schenkte ihr ein seltsames Lächeln. „Ich verspreche es, Louisa."

IHRE AUGEN BRANNTEN UND JEDE ZELLE IN IHREM KÖRPER SCHRIE VOR SCHMERZ, als Isa sich im Bett bewegte. Der Geruch von Antiseptikum, Krankheit und Tod füllte ihre Nase und sie öffnete die Augen und würgte.

„Schatz ..." Zoes Stimme durchbrach ihre Panik und sie fühlte, wie sie von starken Armen in eine sitzende Position gezogen wurde. Der Schmerz in ihrer Schulter war unerträglich und sie übergab sich in die Schüssel, die hastig zu ihr geschoben wurde. Sie würgte, bis nichts mehr in ihr war. Atemlos sackte Isa in die Kissen zurück, als Zoe ihr den Mund abwischte und ihr die Haare aus dem schweißnassen Gesicht strich. Isa konnte den Blick nicht von ihrer Mutter nehmen.

„Es tut mir leid ... es tut mir so leid ..." Ihr Flüstern war rau und Tränen liefen über ihre Wangen. Zoes Augen füllten sich mit Tränen, aber sie versuchte zu lächeln, nahm Isas Hand und drückte sie.

„Du musst dich nicht entschuldigen, Liebes. Für nichts. Du hast nichts getan, um all das zu verursachen."

„Zoe hat recht. Es ist nicht deine Schuld."

Isa verspürte einen Rausch von Emotionen beim Klang von Sams Stimme. Er stand in der Tür ihres Zimmers. Sein Gesicht war grau vor Trauer und Sorge und sein großer Körper war zusammengesunken. Isa wollte nichts mehr, als in seine Arme zu sinken, aber sie war nicht in der Lage, seinem Blick zu begegnen. Sie sah zurück zu Zoe und suchte in ihren Augen nach Anzeichen von Vorwürfen, aber alles, was sie sehen konnte, war Herzschmerz. Sie wusste, dass es ein Spiegelbild ihrer eigenen Augen war.

Seb. Sie dachte wieder daran, wie ihm in den Kopf geschossen worden war. Wie seine Augen schockiert dreinblickten, als die Kugel in seinen Schädel drang, wie sein Körper auf den Boden gefallen war und wie er ein letztes Mal geseufzt hatte. Sie schloss die Augen und wollte die Zeit zurückdrehen. Sie wollte den Mörder dazu bringen, Seb gehen zu lassen und stattdessen sie zu töten. Jetzt wusste sie, dass ihr Peiniger jeden töten würde. Sie konnte nicht riskieren, dass er Zoe, Cal oder Sandy jagte … und Sam verletzte. Sie konnte nicht anders, als sich Sam mit einer Kugel in seinem schönen Kopf vorzustellen, und nun begriff sie, was er all diese Wochen und Monate durchgemacht hatte – die Angst, sie zu verlieren, die Frau, die er liebte.

Zoe küsste sie auf die Wange und stand auf, um Platz für Sam zu machen, damit er sich neben seiner Frau auf das Bett setzen konnte. Zoe drückte Sams Arm und ließ die beiden allein.

Sam streichelte ihre Wange, aber sie konnte ihm immer noch

nicht in die Augen sehen. Er presste seine kühlen Lippen an ihre heiße Stirn. Es fühlte sich so gut an, dass sie seufzte.

„Ich verspreche dir ständig, dass ich nicht zulasse, dass er dir wehtut – und ich breche dieses Versprechen immer wieder."

Sie schloss die Augen und lehnte ihre Wange an seine Handfläche. „Es ist nicht deine Schuld."

Sie hörte, wie er zitternd einatmete. „Deine auch nicht."

„Oh Gott, Sam. Ich will ihn mit bloßen Händen töten. Ich will, dass er mir folgt, damit ich die Chance habe, ihn dafür büßen zu lassen, was er Seb, Zoe und uns angetan hat. Ich weiß, wie sich dein Vater gefühlt haben muss, und ich mache ihm keinen Vorwurf."

Der Zorn in ihrer Stimme schockierte sie und sie brach ab und zitterte, während frische Tränen über ihr Gesicht liefen. Sam nahm ihr Gesicht in seine Hände und presste seine Lippen auf ihren Mund.

Nach einem Moment lehnte er seine Stirn an ihre.

„Schau mich an, Isabel …"

Ein Schluchzen entkam ihr. „Ich kann nicht."

Sie konnte seine Tränen fühlen, als sich seine Hände um ihr Gesicht schlossen. „Bitte …"

Sie versuchte es, zog sich dann aber zurück und drehte sich von ihm weg. „Ich kann nicht, Sam, noch nicht. Denn wenn ich dich anschaue, fühle ich mich, als würde ich zerbrechen."

Er sagte nichts mehr, aber sie spürte, wie er sich bewegte, sich neben ihr auf das Bett legte und sie an sich zog. Er war so verständnisvoll und zärtlich, dass ihr das Herz wehtat. Sam schlang seinen Arm um ihre Taille und sie presste seine Hand an ihre Brust. Sie fühlte seine Lippen an ihrem Nacken.

„Ich liebe dich", flüsterte sie und spürte, wie er seinen Körper fester an sie drückte. Sie hörte eine Krankenschwester ins Zimmer kommen und leise lachen.

„Das ist okay, oder?" Sams Stimme war ruhig und leise. Die Krankenschwester überprüfte Isas Vitalwerte.

„Solange die Schulter nicht belastet wird. Haben Sie Schmerzen?" Sie senkte den Kopf, um Isa anzusehen, die zu lächeln versuchte und nickte.

„Ich hole Ihnen ein Schmerzmittel. Möchten Sie Morphium?"

Isa verstärkte ihren Griff um Sams Hand. „Ich habe die einzige Schmerzlinderung, die ich brauche." Sie war froh, Sams erleichtertes Seufzen zu hören. Die Krankenschwester reichte ihr eine Tablette und sie schluckte sie dankbar. Dann machte die Krankenschwester das Licht aus.

„Ruhen Sie sich aus. Wenn Sie zusätzliche Schmerzmittel brauchen, Izzy, lassen Sie es mich wissen."

Ein paar Minuten später war sie fast eingeschlafen, als sie eine Erkenntnis hatte und ihre Augenlider geschockt aufflogen.

„Sam ... Sam ..."

„Was ist los, Schatz?" Seine Stimme war benommen vom Schlaf und klang so beruhigend, dass sie ihm schließlich in die Augen schauen konnte. Sein hübsches Gesicht war immer noch gezeichnet und seine grünen Augen bohrten sich voller Sorge in ihre.

„Ich muss mit Detective Halsey sprechen. Jetzt."

...

„Er hat mich Isa genannt."

Alle sahen sie seltsam an. „Schatz ..." Sam schüttelte den Kopf. Seine Augen waren verwirrt.

Sie seufzte. „Nein, nein, hör zu. Es hat erst Klick gemacht, als die Krankenschwester mich Izzy genannt hat ... die meisten Leute kürzen Isabel als Izzy ab. Jemand, der mir nicht nahesteht, würde nicht annehmen, dass mein Spitzname Isa ist. Wer auch immer er ist – er hat mich die ganze Zeit Isa genannt." Sie blinzelte und wurde plötzlich blass. Sams Herz brach fast bei der Trostlosigkeit auf ihrem schönen Gesicht. „Es ist jemand, den wir kennen."

Sie sah zu Zoe, die versuchte zu lächeln und ihre Hand nahm. Isa drückte sie.

„Zoe. Ich war so blind. Ich war mir so sicher, dass er so etwas nicht tun könnte."

Halsey sah Sam an, der seufzte. „Karl."

Isa nickte. „Er muss es sein."

Halsey räusperte sich. „Wir wissen, dass Seb ihn vor ein paar Wochen getroffen hat. Cal sagte ..."

„Cal? Cal wusste davon?"

Halsey lächelte schief. „Anscheinend haben sich Ihr Bruder und Seb als Detektive versucht. Seb traf sich mit Dudek, um herauszufinden, ob er etwas wusste oder ob er sich seltsam verhielt. Laut Cal wirkte er normal, aber ..." Er verstummte und warf einen Blick aus dem Büro auf seine Polizeibeamten. „Warten Sie hier."

Er verschwand aus der Tür. Sam setzte sich neben Isa und küsste sie auf die Wange. „Endlich kommen wir voran."

Tränen liefen über Isas Gesicht, aber sie löste sich aus seinen tröstenden Armen. „Wenn ich nicht so sicher gewesen wäre, dass es Karl nicht war, wäre Seb noch am Leben."

„Das kannst du nicht wissen."

Aber Sam sah die Verzweiflung in ihren Augen und wusste, dass sie ihm nicht glaubte.

Einige Tage später kam Halsey ins Krankenhaus, um sie auf den neuesten Stand zu bringen.

„Dudek wurde als vermisst gemeldet. Und ja, die Daten stimmen mit Sebs Ermordung und dem Schuss auf sie überein."

Sam gab ein angewidertes Geräusch von sich und Isa nahm seine Hand. Seltsamerweise fühlte sie sich erleichtert, seit sie Karls Schuld erkannt hatte. Nicht zu wissen, wer sie töten wollte, war hundert Mal schlimmer – jetzt hatte das Grauen ein Gesicht.

Bastard. Lasst mich einfach in einen Raum mit ihm und einem Baseballschläger, dachte sie grimmig.

Halsey sah ihren Gesichtsausdruck. „Ich weiß, was Sie denken, Isa. Glauben Sie nicht, dass Sie das allein schaffen. Hier geht es nicht um irgendeinen feministischen „I Will Survive" -Mist, sondern um Ihr Leben."

Sam nickte zustimmend und Isa versuchte, nicht zu lächeln. „Also, was können wir tun, während er noch da draußen ist?"

„Sie können Sam die beste Security anheuern lassen, die für Geld zu haben ist. Sie dürfen sich nicht weigern, wenn er

Sie aus der Stadt bringen will. Sie müssen das ernst nehmen."

Isa schwieg einen Moment und als sie sprach, zitterte ihre Stimme. „Detective, ich habe gesehen, wie mein Bruder vor meinen Augen ermordet wurde und seinen letzten Atemzug gemacht hat. Ich nehme das ernst."

„Endlich." Sams Stimme hatte einen harten Unterton und sie schluckte und sah zu ihm auf.

„Es tut mir leid …", begann sie, aber er schüttelte lächelnd den Kopf.

„Nein, mir tut es leid. Das war nicht so gemeint."

„Es ist aber wahr." Sie nahm seine Hand und drückte sie. Dann schaute sie wieder zu dem Detective und dachte, dass er für sie wie ein Freund geworden war. Sie lächelte ihn sanft an. „Versprochen. Ich werde alles tun, was Sie wollen, aber bitte halten Sie nichts vor mir geheim. Ich muss wissen, was vor sich geht."

Später lag Sam neben ihr, als der Abend zur Nacht wurde. Lange sahen sie sich einfach nur an. Sam küsste sie und seine Lippen bewegten sich langsam und zärtlich auf ihren. Isa seufzte.

„Sam … ich weiß nicht mehr, was ich tun soll. Ich weiß nicht, warum das passiert ist und warum er mich unbedingt töten will. Warum hat er Seb getötet, als er mich dort hatte? Er hätte einfach mich …"

„Sag es nicht. Bitte." Sam schloss die Augen gegen den brennenden Schmerz, den ihre Worte verursachten.

„Ich habe ihm gesagt, er soll es tun. Ich bat ihn, mich zu töten und Seb gehen zu lassen. Er mochte die Macht. Er wollte, dass ich bettle, und er hat es genossen, Seb zu erschießen. Oh Gott …"

Sams Arme legten sich fester um sie. „Hör auf. Du machst dich ganz verrückt. Es ist nicht deine Schuld. Das ist das Werk eines Verrückten. Es ist Dudeks Schuld."

Isa vergrub ihr Gesicht in seiner Brust, schwieg aber. Nach ein paar Minuten zog sie sich zurück und sah zu ihm auf. „Was, wenn wir an die Öffentlichkeit gehen? Je mehr wir versuchen, alles privat zu halten, desto mehr kann er sich in relativer Anonymität bewegen. Wir könnten zu dem Kunstkritiker gehen, der mich verteidigt hat, und ihm den wahren Grund erzählen, warum jemand meine Ausstellung angezündet hat."

Sam sah zweifelnd aus. „Paul Carter? Ich weiß nicht … er schreibt normalerweise nicht solche Artikel, aber …"

„Ich möchte nicht als Opfer erscheinen." Isas Stimme war leidenschaftlich. „Ich möchte meine Geschichte auf meine Art erzählen und Karl oder wem auch immer eine Botschaft übermitteln. Ich bin kein Opfer."

Sam biss die Zähne zusammen. „Zweifelst du immer noch daran, dass es Karl ist?"

Isas Schultern sanken. „Ich denke nicht. Ich möchte nur nicht glauben, dass er es ist."

Sam nickte. „Lass uns mit Halsey reden und ihn nach seiner Meinung fragen."

. . .

Zu Sams Überraschung war Halsey von der Idee begeistert – allerdings nicht so sehr wie Paul Carter. Sebs Mord war bereits eine Nachricht in der Lokalpresse von Seattle und hatte sogar die nationale Presse erreicht. Carter war bestrebt, eine exklusive Geschichte zu bekommen. Als Isa aus dem Krankenhaus entlassen wurde, arrangierte Sam das Treffen mit Carter für die folgende Woche.

Isa war in der Wohnung, die Sam gemietet hatte. Sie war natürlich luxuriös und atemberaubend, aber Isa war immer noch zu geschockt, um das wertschätzen zu können. Sie setzte sich auf das riesige Bett im Schlafzimmer, während Sam ihre Sachen auspackte. Als er an ihr vorbeiging, ergriff sie seine Hand.

„Danke, Baby, für alles. Dafür, dass du Zoe und mir geholfen hast, mit allem umzugehen."

Sam hatte dafür gesorgt, dass Zoe bei ihrer Schwester in Georgia unterkam, und Isa war dankbar, dass ihre Mutter in Sicherheit war und geliebte Menschen um sich hatte. Zoe hatte natürlich Einwände erhoben, aber schließlich hatten Sam und Isa sie davon überzeugt, dass es das Beste war.

„Du rufst mich jeden Tag an, Mädchen", hatte sie zu Isa gesagt und ihre Arme so fest um sie gelegt, dass Isa Atembeschwerden bekam.

Die Erleichterung, dass Zoe in Sicherheit war, half Isa unermesslich und jetzt fühlte sie sich einfach nur noch ausgelaugt. Ihre Schulter schmerzte, aber die Wunde heilte gut.

Sam setzte sich neben sie, strich ihr die Haare aus dem

Gesicht und küsste sie auf die Stirn. „Bitte. Was willst du heute Abend machen? Schlafen?"

Sie schüttelte den Kopf. „Ich will etwas essen …"

Sam grinste. „Natürlich. Darum habe ich mich schon gekümmert. Der Zimmerservice ist in wenigen Minuten da."

Sie lehnte sich an ihn und lächelte. „Du weißt, wie man ein Mädchen verwöhnt, Sam Levy."

Er streichelte zärtlich ihr Gesicht. „Ich wünschte, ich könnte dir helfen, dich besser zu fühlen."

Isa schloss die Augen. „Ich werde mich viel besser fühlen, wenn wir das Interview geführt haben."

Sam seufzte. „Ich bin immer noch nicht davon überzeugt. Was, wenn Dudek das will? Ein Superstar sein?"

Isa sah zu ihm auf. „Denkst du das wirklich?"

„Ich weiß nicht, was ich denken soll."

„Alles, was ich weiß, Sam, ist, dass wir nicht so weitermachen können. Wir verstecken uns hinter Leibwächtern und warten darauf, dass die Polizei Karl findet – wenn es überhaupt Karl ist, den die Beamten jagen sollten."

Sam knurrte und fuhr sich mit einer Hand durch sein dunkles Haar. „Scheiße, das macht mich noch verrückt."

„Weißt du, was mich mehr erschreckt? Der Gedanke, dass es vielleicht doch niemand ist, den wir kennen. Dass er die Details unseres Privatlebens ausspionierte hat – etwa, dass ich Isa anstelle von Izzy genannt werde –, indem er einfach in der Nähe, aber immer unter dem Radar war."

Sam umarmte sie. „Das Monster unter dem Bett?"

Isa kicherte leise. „So ähnlich." Sie gähnte laut. „Tut mir leid, das hat mich selbst überrascht."

Es klopfte an der Tür und Sam stand auf, um sie zu öffnen. „Wir essen ...", er sah sie über die Schulter an, „... dann gehst du schlafen."

Später, als Isa tief schlief, stand Sam am Fenster und blickte auf die regennassen Straßen von Seattle. Er bemerkte das Wetter jedoch kaum. Sein Verstand war in Aufruhr und ging alles durch, was er tun konnte, um seine große Liebe und seine Familie zu beschützen.

Er hatte bereits eine gerichtliche Verfügung gegen Karl Dudek beantragt, aber selbst er wusste, dass sie ihnen keinen Schutz gewähren würde, wenn Dudek zu allem entschlossen war. Die vier oder fünf Leute aus Sams Sicherheitsteam, die früher schon für seinen Vater gearbeitet hatten, hatten ihm alle gesagt, dass es in Ordnung wäre, wenn er sie vom FBI gründlich überprüfen ließ, um ihre Vertrauenswürdigkeit zu beweisen. Er hatte es gehasst, sie darum zu bitten, aber sie sagten ihm, er solle sich keine Sorgen deswegen machen.

„Wir sind uns alle einig", hatte sein Sicherheitschef Jock ernst gesagt, „was auch immer Sie und Mrs. Levy brauchen, um sich sicher zu fühlen, sollen Sie haben."

Er hatte Jock angewiesen, mehr Leute einzustellen und den Schutz auf Zoe und Louisa und jeden, der mit Isa oder ihm selbst in Kontakt gekommen war, auszudehnen. Sogar Sandy, Isas alter Chef, hatte ihn angerufen und seine Hilfe angeboten. Sam hatte sich bei ihm bedankt und gefragt, ob Sandy sich unsicher fühlte und Schutz wollte. Sandy hatte höflich abgelehnt. „Es ist nicht so, als würde ich Isa noch sehen", sagte er etwas traurig und Sam hatte sich sofort schuldig gefühlt.

„Du bist hier immer willkommen, Sandy, jederzeit, das weißt du. Ich weiß, dass Isa dich auch vermisst."

Sam sah zu seiner geliebten Frau auf dem Bett. Sie lag auf dem Bauch, ihr Gesicht ruhte auf dem Kissen und ihr dunkles Haar war über ihr ausgebreitet. Das Laken war bis zu ihrer Taille heruntergerutscht und der weiße Verband auf ihrer Schulter war eine lebhafte Erinnerung an die jüngsten Vorfälle.

Warum sollte jemand dich verletzen wollen, Süße? Sam schüttelte den Kopf. *Niemand wird jemals wieder die Chance bekommen*, dachte er, *nie wieder.*

Seine Gedanken wanderten zu Cal. Seit Sebs Ermordung befürchtete er, dass der Täter seinem jüngeren Bruder das Gleiche antun würde, und der Gedanke lähmte ihn. Der gespenstische Blick in Isas Augen kam davon, dass sie Sebs Tod mitangesehen hatte, und Sam wusste nicht, wie er diesen Schmerz lindern sollte. Er dachte nicht, dass er es jemals könnte.

Er konnte nicht anders, als das Gefühl zu haben, dass das Interview mit Paul Carter ein Fehler war. Wie andere reiche Männer wusste er, dass der Schlüssel zur Sicherheit Unauffälligkeit war, und das Interview würde sie in die Öffentlichkeit zerren. Trotzdem war Isa darauf fixiert und er wollte ihr die Wahl lassen, wie sie diese Situation durchstanden. Danach würde Sam darauf bestehen, dass sie irgendwohin reisten, um wieder aus dem Blickfeld der Öffentlichkeit zu verschwinden. Er hatte schon diskret über einige Orte Erkundungen eingeholt – Italien, eine kleine Stadt an einem der Seen – nicht

Garda, dort war zu viel los, seit die Clooneys dort waren, aber anderswo. Irgendein Rückzugsort, den niemand von einem extrem reichen Paar erwarten würde – ein kleines Dorf in Frankreich, eine Skihütte in Österreich oder ein kleines Haus in den Vororten von Auckland in Neuseeland. *Versuche nur, uns zu finden, Arschloch.* Ihr einziger Vorteil war Sams riesiger Reichtum und er wollte verdammt sein, wenn er nicht jeden Cent dafür ausgab, seine Familie zu beschützen.

Ein Freund von ihm aus der Kunstwelt, Jakob Mallory, hatte ihm die Nutzung einer kleinen Wohnung in Venedig angeboten und Sam dachte nun, es wäre der perfekte Start in ihr Leben auf ...

Auf der Flucht. Verdammt, er hasste es, so darüber zu denken, aber es war wahr. Sie wurden aus ihrer Heimat verjagt. Er liebte Seattle von ganzem Herzen, genau wie die gesamte Westküste, und er wusste, dass Isa ebenfalls so empfand. *Wir können nicht ewig wegrennen. Nein, das werden wir nicht. Wir werden kämpfen und wir werden gewinnen. Wer auch immer es ist. Was auch immer er will.*

Was auch immer es kostet ...

EINE VORSCHAU AUF ATME MICH

Ein Bad Boy Milliardär Liebesroman
Zitter Buch Vier

Von Jessica F.

* * *

Isa erholt sich von der Entführung und ihren Verletzungen, leidet aber darunter, dass ihr geliebter Bruder Seb vor ihren Augen ermordet wurde. Der Mörder macht deutlich, dass seine Terrorkampagne ihren Höhepunkt erreicht hat und nur eines sicher ist: Am Ende wird entweder er tot sein oder Isa. Kann Sam seine große Liebe retten oder werden die finsteren Mächte alles riskieren, um die Liebenden für immer zu trennen?

ATME MICH

ISA WAR ZUM ERSTEN MAL SEIT WOCHEN AUFGEREGT –

verdammt, sie fühlte sich *lebendig* –, als das Flugzeug den Flughafen in Venedig ansteuerte. Es war herrlich sonnig, wenn auch kalt, und als sie und Sam mit einem kleinen Schnellboot in die Stadt gebracht wurden, lehnte sie sich gegen den starken Körper ihres Mannes und fühlte, wie sie sich entspannte. Hier würden sie sich bestimmt nicht gejagt oder verfolgt fühlen. Sams Freund hatte ihnen eine kleine Wohnung vermietet und sie gewarnt, dass sie einfach, aber gemütlich sei, und es war genau das, was sie gerade brauchte. Kein übertriebener Luxus, keine massigen Leibwächter, die sie jeden Moment beobachteten. Es wäre wunderbar, nicht jede wache Minute an Seb zu denken. Sie fühlte sich schuldig deswegen, aber der Schmerz war so stark und die Erinnerung an seine Ermordung so quälend, dass sie eine Pause und ein paar Tage gesegneter Erholung brauchte.

Sam war still und hatte den ganzen Flug über etwas nachgegrübelt, aber seine Arme um sie waren beruhigend und sie sah zu ihm auf, als sie sich ihrem Anlegeplatz näherten.

„Hey", er lächelte sie an, „wir sind fast da. Ich hoffe, Jakob hat übertrieben, als er sagte, es sei einfach. Ich bin am Verhungern."

Isa lachte. „Ich bin sicher, dass Venedig viele kulinarische Highlights bietet – hätte ich zugestimmt, mitzukommen, wenn es nicht so wäre?"

Sam grinste. „Auf keinen Fall. Hier sind wir." Das Boot wurde langsamer und hielt neben einer kleinen Brücke, und Sam half ihr beim Aussteigen. Er griff nach ihren Koffern und führte sie in ein kleines Gebäude und eine staubige, schwach beleuchtete Holztreppe hinauf. Isa war schon halb verliebt, als er die Tür zu der Wohnung öffnete.

„Oh Gott, sie ist wunderschön", hauchte sie und betrachtete das kleine Wohnzimmer mit dem unverputzten Mauerwerk und der winzigen Küchenzeile. Zwei Türen an der gegenüberliegenden Wand führten zu einem kleinen Schlafzimmer und einem Badezimmer. Isa seufzte glücklich. „Es ist perfekt."

Sam sah zweifelnd aus. „Es ist winzig."

Isa verdrehte die Augen. „Hey, es ist perfekt für uns. Kein Luxus, keine hochmoderne Elektronik, nur du, ich und ein großes Bett sind genug für das, was wir vorhaben." Sie schlang ihre Arme um seine Taille und er lächelte, als sie ihre Lippen an seine presste.

„Nun, wenn du es so ausdrückst..."

Isa kicherte. „Du bist so leicht zufriedenzustellen. Ich muss allerdings erst duschen, bevor ich etwas tue."

Sam lächelte und neigte seinen Kopf, um sie leidenschaftlich zu küssen. „Bist du sicher?"

Isa stöhnte leise, als seine Hände unter ihr Oberteil glitten. „Nun, vielleicht ein kleiner Vorgeschmack..."

Er zog ihr T-Shirt sanft über ihren Kopf, küsste ihre Brüste und öffnete den Verschluss ihres BHs. Isa seufzte glücklich, als sein Mund ihre Brustwarzen fand und sie nacheinander neckte.

Sie zog ihm sein Hemd aus und öffnete seine Hose. Sein Schwanz lag heiß und hart in ihrer Hand und sie sank auf die Knie, um ihn in ihren Mund zu nehmen. Sie legte ihre Lippen um den breiten Schaft und ihre Zunge bewegte sich über die Spitze. Ihre Hand umfasste Sams Erektion und brachte sie dazu, sich zu verdicken und anzuschwellen. Sam stöhnte, als sie an ihm arbeitete, und ihre Zunge machte ihn vor Begierde verrückt, bis er es nicht mehr aushielt und sie auf den Boden des Wohnzimmers zog. Sie fickten hart und sahen einander an, als würden sie in diesem Moment alles vergessen. Isas langes, schauderndes Stöhnen, als sie kam, ließ Sams Haut kribbeln.

Später, als sie befriedigt, geduscht und zum ersten Mal seit Monaten wirklich entspannt waren, schlenderten sie zu einem lokalen Restaurant, das Jakob ihnen empfohlen hatte, und genossen eine Mahlzeit, die Isa als „himmlisch" bezeichnete. Es gab Hummer-Ravioli, gefolgt von einem Spanferkel, das so zart war, dass Isa viel zu viel davon aß – sehr zu Sams Belustigung.

„Gott sei Dank habe ich eine Frau geheiratet, die weiß, wie man isst", sagte er liebevoll und Isa lachte.

„Gleichfalls."

Sam war einen Moment lang still und beobachtete sie mit einem sanften, amüsierten Lächeln. Genau hier und jetzt erlaubte er sich, die Schrecken der letzten Monate zu vergessen, genauso wie die Tatsache, dass Isas potenzieller Mörder immer noch da draußen war und darauf wartete, dass sie einen Fehler machten und sie ungeschützt war. Aber vorerst konnte er daran glauben, dass sie in Sicherheit war. Ohne Isas Wissen waren ein paar Leibwächter nach Venedig gekommen – *für alle Fälle*, sagte sich Sam. *Isa muss es nie erfahren.*

Sie sah im sanften Licht des Restaurants so wunderschön aus. Die Teelichter auf dem Tisch spiegelten sich in ihren dunklen Augen. Ihr dunkles Haar fiel sanft über ihre nackten Schultern und das zarte Rosa ihres Kleides passte zu ihrer olivfarbenen Haut. Sam streckte die Hand aus und fuhr mit einem Finger über ihre Wange. Sie lächelte ihn an.

„Du hast schwärmerische Augen", neckte sie ihn und er lachte.

„Ja, für dich immer."

Sie hielt seine Hand an ihre Wange und schloss ihre Augen. Eine Sekunde lang konnte er sehen, wie all die Angst und all die Trauer über ihr hübsches Gesicht zogen. „Es ist so schön, Zeit zu zweit zu haben", sagte sie leise und er nickte.

„Ja, nicht wahr?"

„Danke, dass du mich hierher gebracht hast, Sam."

Er grinste. „Nun, gern geschehen, meine Schöne. Ich weiß, wie du mir später danken kannst."

Isa lachte. „Du bist unverbesserlich."

NACHDEM SIE IN DIE WOHNUNG ZURÜCKGEKEHRT WAREN UND bis spät in die Nacht miteinander Sex gehabt hatten, konnte Isa nicht schlafen. Eine Weile lag sie zusammengerollt an Sams großem, warmem Körper, stand dann aber auf und ging auf den kleinen Balkon. Sie hatte dort einen Blick auf die Lagune und beobachtete die Lichter der Stadt. *Was für ein herrlicher Ort*, dachte sie und fragte sich, ob sie für immer hierbleiben könnten. Ihr geliebtes Seattle war in letzter Zeit der Schauplatz von so viel Leid gewesen. Es brach ihr das Herz, aber sie fürchtete sich davor zurückzugehen. *Nein*, sagte sie sich, *du lässt dich von diesem Bastard nicht aus deinem Zuhause vertreiben.*

Sie dachte an das Interview, das sie bald mit Paul Carter führen sollten. Er hatte sie gebeten, live im Fernsehen aufzutreten, und obwohl Sam vehement protestiert hatte, hielt Isa es für eine gute Idee. Sam konnte Carter ohnehin nicht ausstehen, da der Journalist aus seiner Begeisterung für Isa kein Geheimnis gemacht hatte. Isa dachte, der Typ sei ein Idiot, aber gut in seinem Job, also versuchte sie, Sam zu überreden.

„Ich werde darüber nachdenken", war die einzige Antwort, die sie erhielt. *Ich werde versuchen, ihn davon zu überzeugen,* dachte sie jetzt, *dass ich dem Mistkerl, der Seb getötet hat, sagen muss, dass ich keine Angst vor ihm habe. Ich muss ihn aus seinem Versteck locken.*

Zufrieden ging sie wieder hinein und kuschelte sich ins Bett. Sam schlang seine Arme um sie und schlief fast sofort wieder ein.

Isa schloss die Augen und betete, dass sie nicht von Seb oder dem Mann träumen würde, der sie töten wollte.

Louisa verließ ihr Büro um fünf Uhr. Regen prasselte auf die Straße und sie floh in eine Bar in der Nähe ihres Arbeitsplatzes. Sie war erschöpft, traurig und verärgert. Alle, mit denen sie zusammenarbeitete, waren nach Sebs Ermordung sehr nett gewesen, aber sie hatte die unausgesprochenen Fragen und die neugierigen Blicke satt. Sie wollte schreien: „Fragt mich einfach!" Aber sie schwieg und wusste, wenn sie anfing, über ihn zu sprechen, würde sie die Fassung verlieren.

Ich vermisse dich jeden Tag, dachte sie jetzt. Sie seufzte und bestellte einen Martini. Sie war keine große Trinkerin, aber sie hatte das Bedürfnis, sich zu entspannen, also nahm sie ihren Drink und ließ sich auf einer Couch weiter hinten nieder. Sie schloss die Augen und massierte ihre Schläfen, um die Kopfschmerzen zu lindern, die unaufhörlich in ihrem Gehirn pochten.

„Louisa?"

Oh, verdammt. Sie öffnete die Augen. „Cal?" Sie war überrascht. Sie wusste nicht, dass er in diese Bar kam, die nichts Besonderes war. Jedenfalls nicht für reiche Männer wie Cal.

Cal lächelte sie an. „Darf ich mich zu dir gesellen?" Er hatte ein volles Glas Bier in der Hand und sie nickte und seufzte innerlich. Dann fühlte sie sich schlecht. Cal war seit Sebs Tod sehr nett zu ihr gewesen.

„Natürlich. Freut mich, dich zu sehen."

Cal ließ sich neben ihr auf die Couch fallen und lächelte sie an. „Hier ist es großartig", sagte er und schaute sich um. Louisa sah ihn schief an.

„Soll das ein Scherz sein? Es ist ein heruntergekommener kleiner Laden – wenn auch mein liebster --, aber ich hätte gedacht, dass er für dich nicht gut genug ist."

Cal lachte. „Louisa, ich bin nicht reich aufgewachsen. Erst als meine Mutter Sams Vater geheiratet hat, befanden wir uns plötzlich in diesen Sphären."

Louisa sah ihn neugierig an. „Ich habe noch nie gehört, wie du über deine Mutter gesprochen hast."

Er zuckte mit den Schultern. „Sie ist vor ein paar Jahren gestorben."

„Woran?"

„Krebs. Oder an einem gebrochenen Herzen. Sams Vater war nicht besonders warmherzig." Er klang bitter.

Louisa war geschockt. „Wirklich? Das überrascht mich. Sam ist so ein anständiger Kerl."

Cal schwieg zu lange, dann nickte er lebhaft. „Ja. Ich hoffe nur … egal."

Louisa war jetzt neugierig und musterte ihn. Cal wich ihrem Blick aus.

„Was, Cal? Was wolltest du sagen?"

Cal seufzte und fuhr sich mit der Hand über die Augen. „Ich hoffe, er tut Isa nicht das an, was sein Vater meiner Mutter angetan hat. Sich zurückziehen, wenn es kompliziert wird, und sie ignorieren. Isa ist zu gut dafür."

Zu gut für Sam. Louisa war sich sicher, dass er das sagen wollte. Sie runzelte die Stirn.

„Cal, bist du in Isa verliebt?"

Cal lachte, aber es klang aufgesetzt. „Sei nicht albern. Isa ist wie eine Schwester für mich."

Louisa errötete bei der Zurechtweisung und Cals Gesichtsausdruck wurde weicher. „Tut mir leid, Louisa, ich wollte nicht so harsch sein."

Sie nickte und schenkte ihm ein halbes Lächeln. Kurz danach ging Cal und rang ihr das Versprechen ab, später in der Woche mit ihm zu Abend zu essen und etwas zu trinken. Sie sah ihm nach, als er in den Regen hinausging, ohne zurückzuschauen. Sie war immer ein bisschen vorsichtig bei dem Kerl gewesen, aber seit Sebs Tod schien er sanfter zu sein. Heute Abend hatte er allerdings verloren gewirkt. Vielleicht lag es daran, dass Sam und Isa verschwunden waren und niemandem gesagt hatten, wohin sie gingen, nicht einmal Cal. Vielleicht ärgerte es ihn, dass sein älterer Halbbruder ihm nicht vertraute. Louisa konnte es ihm nicht vorwerfen. Sie wäre auch sauer.

Sie trank aus und rief ein Taxi. Zu Hause nahm sie eine heiße Dusche und rollte sich auf ihrer Couch zusammen, um fernzusehen. Ihre Katze Fred legte sich auf ihren Schoß. Wie jede Nacht vermisste sie Sebs warme Gegenwart, sein Lachen über eine dumme Show und seine Neckereien, wenn sie über eine romantische Komödie weinte. Verdammt, was würde sie nicht geben, um die Zeit zurückzudrehen? Dann ließ sie den Tränen freien Lauf und schluchzte, bis sie in einen unruhigen Schlaf voller Albträume und Schrecken fiel ...

Sie war im Körper der anderen Frau gefangen. Es gab einen Schmerz, einen schrecklichen, brennenden Schmerz in ihrem Kopf, und wo auch immer sie war, war es kalt und feucht. Sie lag auf Beton.

„Isa? Baby?"

Es war nicht Sams Stimme, aber dennoch vertraut.

„Cal?" Sie öffnete die Augen. Cal hatte Blut im Gesicht. Es tropfte von seiner Stirn die Schläfe hinunter.

„Ssh", sagte er und sah sich panisch um. „Wir müssen hier raus." Er half ihr auf die Beine. „Wo ist dein Mantel?" Sie zitterte in ihrem blutbefleckten grauen T-Shirt, aber nicht vor Kälte. Sie schüttelte nur den Kopf. Louisa/Isa sah sich um. Ein altes, verlassenes Krankenhaus, eine Baustelle, offen für die Elemente. Sie fühlte sich krank und verletzt und ihre Glieder schmerzten. Erinnerungen kamen in ihr hoch. Ein Mann. Ein Mann auf ihr ... oh Gott, nein ...

Sie stöhnte leise und Cal drückte sie an sich.

„Komm schon, meine Schöne, lass uns nach Hause gehen."

Sie konnte sich nicht bewegen. „Cal ..." Ihre Stimme war ein Flüstern. „Er ... wer ist er? Er hat mich ... er hat mich gezwungen ... oh Gott ..."

„Himmel." Er zog sie fest an sich. „Ich weiß, Baby, ich weiß, aber wir können jetzt nicht darüber nachdenken. Wir müssen hier raus, bevor er zurückkommt."

Er trug sie humpelnd durch das alte Gebäude. Als sie die Haupttreppe erreichten, blieb er stehen. Louisa/Isa hörte es auch – ein Auto. War er es? Sie wimmerte und wich eine Sekunde zurück, dann keuchte sie.

„Isa!" Sam. Es war Sam. Er war hier. Er war hier, um sie zu retten. Oh, Gott sei Dank ... Seine Stimme war immer noch weit weg und sie öffnete ihren Mund, um seinen Namen zu schreien – aber Cal presste seine Hand auf ihre Lippen.

Cal zog sie von der Treppe weg, weg von Sams Stimme. Louisa/Isa versuchte verwirrt, sich aus seinem Griff zu winden und fragte sich, ob Cal nicht bemerkt hatte, dass es sein Bruder war. Er zog sie in einen der Räume entlang des Korridors und schloss die Tür hinter sich ab.

Was zum Teufel war los? Cal war von ihr abgewandt und lehnte mit der Stirn an der Tür.

„Cal ... das war Sam. Sam ist hier." Louisa/Isa wurde schwindelig. Alles drehte sich nach ihrer Gehirnerschütterung und sie war atemlos.

Cals Stimme war ruhig. „Ich weiß."

Dann drehte er sich um und lächelte sie an. „Ich weiß, dass es Sam ist, Isa. Ich dachte nur, ich hätte mehr Zeit, um das zu tun."

Sie runzelte die Stirn. „Was zu tun? Cal, lass uns von hier verschwinden."

Cal schwieg einen Moment und Isa bekam Angst. „Was wolltest du tun, Cal?"

Er ging auf sie zu und sie wich zurück, bis ihr Rücken die Wand berührte. Cal beugte sich vor, um an ihren Haaren zu riechen und ihre Wangen und ihre Lippen zu küssen. „Dich töten, meine geliebte Isabel."

Der Atem stockte in ihrer Kehle und nur eine Sekunde später wurde er aus ihrer Lunge gedrückt, als Cal ein Messer tief in sie stieß und es in ihrem Bauch drehte.

„Nein ... Nein ... Aber er stach immer wieder zu und zerfetzte die weiche, verletzliche Haut ihres Unterleibs. Das Messer schnitt durch den Stoff ihres Shirts, als die Klinge erneut in sie stieß. Ihre Beine gaben nach und Cal fing sie auf, ließ sie sanft auf den Boden sinken und fuhr fort, sein Messer in sie zu rammen. „Warum?" Ihre Stimme war ein Flüstern.

„Weil du schön bist." Seine Stöße wurden jetzt rasend und sie spürte, wie sie ohnmächtig wurde. „Weil du ihn liebst ...", er stach tief in ihren Bauch und sie würgte an ihrem eigenen Blut, „weil er dich liebt. Du warst tot, sobald er dich berührte, Isabel ..."

Die Dunkelheit kam. Louisa/Isa konnte ihr Blut riechen und fühlte, wie es aus ihren Wunden quoll. Er hatte jetzt aufgehört, auf sie einzustechen, und sah zu, wie sie starb – sie wusste, dass sie starb. Niemand konnte überleben, was Cal ihr angetan hatte. „Bitte lass mich länger leben ... Bitte lass mich Lebwohl sagen ...", flehte sie ihn an.

Cal lächelte und bückte sich, um sie ein letztes Mal zu küssen. Er starrte in ihre Augen. "Nein ...", flüsterte er und stieß die Klinge in ihr Herz.

Louisa erwachte kreischend und ihre Katze sprang ängstlich davon. Sie stolperte panisch von der Couch, verhedderte sich in der Decke, die sie über sich gezogen hatte, und stürzte zu Boden. Ihr Kopf traf die scharfe Kante des Tisches, als sie vor ihrer Wohnungstür Schreie hörte. Jemand schlug laut dagegen, rief nach ihr und kam, um ihr zu helfen.

Als ihre Nachbarin die Tür aufbrach, war sie bereits bewusstlos.

Isa schloss die Augen, als sie vom Flughafen zurückgefahren wurden. Ihr Urlaub in Venedig war viel zu schnell vergangen und jetzt mussten sie sich der Realität ihrer Existenz hier in Seattle stellen. Sams Arm war um ihre Schulter gelegt und sie lehnte sich an ihn, um seinen großen Körper neben ihrem zu fühlen.

Morgen würden sie sich mit Paul Carter treffen, um ihm zu sagen, dass sie das Live-Interview führen wollte. Sie hatte Sam endlich überredet und ihm gesagt, dass sie ihren Stalker schockieren wollte, damit er einen Fehler machte und seine Identität preisgab. Sie hatten während ihres Urlaubs bis tief in die Nacht darüber diskutiert, aber schließlich hatte Sam nachgegeben.

„Also gut! Aber ich verdopple deine Security."

Sie stimmte zu – schließlich hatte sie bereits Leibwächter, welchen Unterschied machte es also? Sie wurden in ein anderes Hotel gefahren, denn Sam wollte sicherstellen, dass sie nicht verfolgt wurden.

Das Hotel war luxuriös, aber unpersönlich und Isa dachte wehmütig an ihre alte Wohnung über Zoes Garage zurück. Chaotisch und schlicht, aber sie hatte sie geliebt, auch deshalb, weil sie dort ihre erste Nacht mit Sam verbracht hatte. Nun wusste sie, dass sie abgerissen und zerstört worden war, nachdem das tote Mädchen dort gefunden wurde und ein Feuer Zoes Haus und Galerie verwüstet hatte. *So viel hat sich in so kurzer Zeit verändert*, dachte sie. Sie schaute zu ihrem Ehemann hinüber, dessen Züge streng und grüblerisch waren. *Ich liebe dich so sehr*, dachte sie, *aber ich kann nicht anders, als mich zu fragen, wo ich wäre, wenn wir uns nie getroffen hätten.* Wäre Seb noch am Leben? Würde der Mann, der sie tot sehen wollte, sie immer noch verfolgen? Sie seufzte tief und Sam sah sich mit sanften grünen Augen um.

„Alles okay?"

Sie nickte und versuchte zu lächeln. *Ich könnte dich niemals aufgeben, Samuel Levy. Ich würde mit Freuden für dich sterben.* Sie beugte sich vor und küsste ihn. „Lass uns ins Bett gehen, Liebling."

Sams Telefon klingelte und er schenkte ihr ein entschuldigendes Lächeln, als er ranging. „Ja? Hey, Cal."

Isa sah, wie sich sein Gesicht veränderte, und fühlte, wie ihr Herz sank. Weswegen auch immer Cal anrief, es waren keine guten Nachrichten. Sam beendete den Anruf und sah sie dann an. „Es ist Louisa. Sie ist zu Hause gestürzt und hat sich den Kopf angeschlagen."

„Oh nein. Geht es ihr gut?"

Sam schüttelte den Kopf. „Sie liegt bewusstlos im Krankenhaus. Die Ärzte wissen nicht, ob dauerhafte Schäden zurückbleiben werden."

. . .

Zoe Marshall flog am Tag des Interviews mit Paul Carter nach Seattle zurück. Isa hatte telefonisch Einwände erhoben, als Zoe ihr ihre Pläne mitteilte, aber Zoe hatte darauf bestanden.

„Bei so etwas werde ich dich sicher nicht allein lassen", hatte sie gesagt und Isa hatte gnädig nachgegeben.

„Es wäre schön, dich zu sehen", sagte sie zu ihrer De-facto-Mutter und damit war die Sache entschieden. Als Zoe ihr Gepäck holte und den Ankunftsbereich betrat, sah sie, wie Isa, die von zwei riesigen Leibwächtern flankiert wurde, auf sie wartete. Isa nickte unmerklich zu den Männern und verdrehte die Augen. Zoe grinste und umarmte sie fest.

„Willkommen zurück, Mom", sagte Isa und Zoe spürte, wie Tränen in ihre Augen traten. Sie wischte sie ungeduldig weg und alle gingen zu der wartenden Limousine.

„Wir fahren direkt ins Krankenhaus", sagte sie zu dem Chauffeur und Isa nickte.

„Louisa ist wach, aber noch benommen", sagte sie zu Zoe. „Es ist eine schwere Gehirnerschütterung, aber sie hoffen, dass es ihr auf lange Sicht wieder gut geht."

Zoe runzelte die Stirn. „Was ist mit ihrer Familie?"

Isa sah traurig aus. „Sie hat keine. Nicht in Washington."

„Wie du auch."

Isa lächelte. „Ich habe dich."

Zoe drückte ihre Hand. „Und Sam und Cal."

Isa nickte und Zoe fragte sich, ob alles in Ordnung war. „Was ist los? Hast du Bedenken bezüglich des Interviews?"

Isa schüttelte den Kopf. „Nein, es ist nur ... Gott, es klingt so lächerlich, aber Paul Carter war gestern sehr, ähm, kokett und es ging Sam wirklich unter die Haut. Als ob er irgendetwas zu befürchten hätte. Paul Carter ist ein guter Journalist, aber er jagt mir einen unheimlichen Schauder über den Rücken. Ich mache mir Sorgen, dass Sam vergisst, warum wir das überhaupt tun." Sie sah Zoe entschuldigend an. „Ich habe dir gesagt, dass es lächerlich ist."

Zoe lächelte sie an. „Wenn es auf der Welt weniger männliches Ego gäbe, wäre sie ein besserer Ort, Isa. Sam kennt die Prioritäten, keine Sorge."

IM KRANKENHAUS WAR LOUISA WACH UND GLÜCKLICH, SIE ZU sehen. Zoe war schockiert über die dunklen Ringe unter ihren Augen und als Isa gegangen war, um ihnen Kaffee zu holen, nahm sie die Hand der jüngeren Frau.

„Was ist los?"

Louisa seufzte. „Es sind die Alpträume, Zoe. Ich kann sie nicht abschütteln. Bilder von Seb, wie er immer und immer wieder getötet wird ... Isa, wie sie auf die übelste, schrecklichste Weise ermordet wird ... Und immer ist der Mörder dieselbe Person und ich kann ihn nicht aus dem Kopf bekommen."

„Wer?"

Louisa zögerte und sah sie an. „Cal."

Zoes Augenbrauen schossen hoch. „Louisa, warum in aller Welt …?"

„Ich weiß, es ist verrückt und ich habe keinen Grund, den Armen überhaupt zu verdächtigen."

Es herrschte Stille und Zoe wartete einen Herzschlag, bevor sie fragte. „Warum also?"

„Er ist in Isa verliebt", platzte Louisa heraus. „Es ist offensichtlich für mich und ich habe mich gefragt, ob er zu so brutaler Eifersucht fähig ist, dass …"

„Nein", sagte Zoe abrupt. „Das ist unmöglich. Zum einen würde er Seb niemals verletzen. Sie waren so gute Freunde. Zum anderen würde er Sam nicht schaden. Und ja, er ist in Isa verknallt, aber das wissen alle. Es ist harmlos. Cal ist harmlos."

Louisa sah beschämt aus. „Es tut mir leid. Ich schätze, ich komme nicht so gut mit allem zurecht, wie ich dachte." Ihre Augen füllten sich mit Tränen. „Oh Gott, ich vermisse ihn, Zoe, ich vermisse Seb die ganze Zeit."

Zoe nickte und ihre dunklen Augen funkelten. „Ich weiß, Schatz, ich weiß." Sie hielt Louisa fest, während sie schluchzte.

Kopiere diesen Link in Deinen Computer, um weiterlesen.

*** * ***

Melde Dich an, um kostenlose Bücher zu erhalten

Möchtest Du gern Eifersucht und andere Liebesromane kostenlos lesen?

Tragen Sie sich für den Jessica F. Newsletter ein und erhalten Sie ein KOSTENLOSES Buch exklusiv für Abonnenten indem Du diesen Link in deinem Browser eingibst:

https://www.steamyromance.info/kostenlose-bücher-und-hörbücher

Eifersucht: Ein Milliardär Bad Boy Liebesroman

Neue Liebe entsteht, aber auch eine Eifersucht, die sie zu zerstören droht.
Ich habe meine winzige Heimatstadt und ihre Einschränkungen hinter mir gelassen. Dann erschien ein bekanntes Gesicht in der Bar, in der ich arbeite, und brachte mich wieder dorthin zurück, wo ich angefangen hatte …

https://www.steamyromance.info/kostenlose-bücher-und-hörbücher

Du erhältst ebenso KOSTENLOSE Romanzen-Hörbücher, wenn Du Dich anmeldest

©**Copyright 2020 Jessica F. Verlag - Alle Rechte vorbehalten.**
Das Werk, einschließlich aller seiner Teile, ist urheberrechtlich geschützt. Jede Verwertung ist ohne Zustimmung des Verlages und des Autors unzulässig. Dies gilt insbesondere für die elektronische oder sonstige Vervielfältigung. Alle Rechte vorbehalten.
Der Autor behält alle Rechte, die nicht an den Verlag übertragen wurden.

❀ Erstellt mit Vellum

www.ingramcontent.com/pod-product-compliance
Lightning Source LLC
LaVergne TN
LVHW011726060526
838200LV00051B/3049